東京

東京ダンジョンタワー2
〜平凡会社員の成り上がり迷宮録〜

02

[著] モンチ02
[イラスト] 横田守
presented by MonchiZEROTWO
Illustration Mamoru Yokota

In the year 2022, Salaryman and JK dive into the dungeon "TOKYO TOWER" in search of their family.

東京

TOKYO DUNGEON TOWER

CONTENTS

In the year 2022, Salaryman and JK dive into the dungeon "TOKYO TOWER" in search of their family.

プロローグ

「許斐《このみ》君、少しいいだろうか」

「はい、何でしょうか」

カタカタとキーボードを打ち込んでいる時だった。上司の倉島《くらしま》さんが声をかけてきたので振り向くと、彼の表情を見て内心で驚いてしまう。

倉島さんは俺《おれ》――許斐士郎《しろう》の苦手な体育会系で、声はやたら大きく表情も明るい。ちょっかいをかけるのも好きで、不意に肩を叩《たた》いてきたりして驚かしてくる人だ。

そんな上司が、低いトーンと真面目《まじめ》な顔を作りじっと俺を見ている。


――やばい、何かミスしたか？


普段見ない倉島さんの様子に内心恐々としていると、彼は静かに口を開いた。

「君、冒険者をやっているのか？」

◇◆◇

「冒険者になることを報告していなかったのですか?」

「うん……完全に忘れていたよ」

昼休み。食堂の隅でご飯を食べていると、後輩であり仲間でもある五十嵐楓《いがらしかえで》さんが対面に座ってきた。今までは一人で食べていたのだが、先週からちょくちょくお昼を共にしている。

俺が浮かない顔をしていたら「どうしたのですか?」と尋ねられたので、朝起きたことを説明する。

上司に冒険者をやっているのかと聞かれ、はいと答えた後、個室に連れていかれ詳しく話を聞かれた。

どうやら社員の中で俺のダンジョンライブを見ていた人がいたらしく、そのことで役職の人から倉島さんに注意がいき、倉島さんが俺から話を聞くという流れだった。

最初に何故《なぜ》冒険者になることを報告しなかったのかと聞かれたけど、まず「報告しなければならない」ということが頭になかったと正直に伝えた。

すると倉島さんは「あのなぁ」と大きなため息をつき、冒険者はお金を得る立派な職業だから副業になるだろうと教えられた。

それを聞いて俺は「あっ……」と今更ながらに気付き、どうしよう……と凄《すご》く困惑してしまう。

動揺する俺に倉島さんは怒ることなく、やってしまったことは仕方がないと、一緒に役職の人に謝りに行ってくれたのだ。

役職の社員から厳重注意をされている時、もう冒険者をやめるか会社をクビになってしまうのかと内心でびくびくしていたら、どうやら自社は冒険者をやってもいいらしい。

ただ、それをするに必要な理由と、正式な手続きを踏まなければならないそうだ。

手続きをせず勝手に冒険者になってしまったから、今回は問題となってしまったのだった。

俺は誠心誠意謝りながら、仕事をしながら冒険者を続けていきたいと伝えた。

自分がダンジョン被害者であり、ダンジョン被害者の仲間に誘われ、ダンジョンに囚《とら》われてしまった家族を救い出したいと正直に言うと、なんとか認めてもらえた。少しずるいけど、同情されたから認められたところもあると思う。

その後は契約書を書いたり手続きを終わらせると、倉島さんに「少しいいか」と休憩の時に誘われ、こう言われる。

「ダンジョンが現れた時は、俺も会社を辞めて冒険者になろうか真剣に考えた。男だったら一度はああいう世界は憧《あこが》れるからな。ただ俺には子供もいて一家の大黒柱だから、そんな博打《ばくち》みたいなことはできなかった。だから許斐君が羨《うらや》ましい」

倉島さんは煙草を吸って、「だけどな」と続けて、

「今回は理由が理由なだけに認められたが、社会人としてやってはいけないことだ。それほど

君がした行いは軽率で、会社に迷惑をかけたことになる。それは反省してほしい」

「はい……本当に申し訳ありませんでした」

「君は仕事も真面目だから大丈夫だろうが、冒険者にかまけて業務を疎《おろそ》かにしないように。それと……妹さんのこと、頑張れよ。正直許斐君は陰キャで苦手だったが、少しだけ見直した。応援しているぞ」

笑顔でそう告げられ、いつものようにバシンと背中を叩かれる。

俺は少しだけ涙を流しながら「はい……ありがとうございます」と震えた声音で感謝したのだった。

「いい上司ですね……」

「そうだね。いつもはちょっかいかけてきたり自分の仕事押し付けてきたり、どっちかというと嫌な人だったんだけど、今日ほどあの人の部下で良かったと思ったことはないよ。俺のために一緒に頭を下げてくれたり、色々気遣ってくれたり……なんか、単純に凄いなって思った」

正直なところ、倉島さんに連れていかれた時はめちゃくちゃ怒られるんだろうなとビクビクしていた。だけどそんなことは一切《いっさい》なく、彼は子供を諭すように柔らかい口調で話をしてくれた。部下の尻拭《しりぬぐ》いをして、尚且《なおか》つ励ます。

凄く救われた気がして、倉島さんが格好良く見えた。そして俺もいつか、この人のようになりたいと尊敬を抱いたんだ。

「そういえば五十嵐さんは冒険者になることを報告していたんだね」

「私の場合は、入社の時点で認められました。面接の時にはっきりと冒険者を続けていきたいと伝え、貴社では冒険者でも雇ってくれるでしょうかと聞きました。了承されたので、私はこの会社に就職しました」

「えっ……理由ってそれだけ？」

「はい。あの時はさっさと就活を済ませて、残りの大学生活をダンジョンに費やしたかったんです」

五十嵐さんの話を聞いて軽く引いてしまう。どれだけダンジョンが好きなんだ。

というか、面接でそんなことを聞いてよく落とされなかったな。よっぽど優秀だったんだろうか。

「五十嵐さんはいつから冒険者になったの？」

「一般人が冒険者になれるようになったその日からです。大学の単位も全《すべ》て取っていたので、毎日行ったり一週間ダンジョンで過ごしたりしていました」

「す……凄いな」

どれだけダンジョンに行きたかったんだよと、彼女の行動力に脱帽してしまう。

それと彼女はやっぱり古参だったのか。レベルも高いし経験豊富だからそうじゃないかと思ってはいたんだけど、まさか初日から冒険者になっていたなんて。

「まあ私はどちらかというとエンジョイ勢ですから、ガチ勢の人達には敵《かな》いませんけど」

「ガチ勢って……どんな人なの？」

「ダンジョンの中で平気で一か月過ごしていられる人達です」

「そ……そうなんだ」

そこまでしないと、上級冒険者になれないのだろうか。

なんか人間辞めてそうだよなぁと、心の中で呆《あき》れたのだった。

◇◆◇

「ただいま」

「お帰りなさい、士郎さん」

自宅アパートのドアを開けると、美少女が笑顔で出迎えてくれた。

彼女の名前は星野灯里《ほしのあかり》。俺と同じ、家族を東京タワーに囚われたダンジョン被害者で、家族を救い出す目的が一致している共通の仲間で、同居人だ。

タレントよりも可愛《かわい》い上に、料理や洗濯と何でもできる。なんだか新婚生活をしているみたいだ。

だが彼女は女子高生で、もし手を出してしまったらアウトである。犯罪者の仲間入りだ。

最近の悩みは性欲が増してきたこと。女っ気がなかった以前までは週に一回自慰をするかしないかだったんだけど、灯里と同居してから性欲が増してしまった。まあこんな美少女といるんだから仕方がないんだけど、段々辛《つら》くなってきてる。

「ご飯にします？　お風呂《ふろ》にします？　それとも……私にします？」

「何言ってるんだよ」

「えへへ、冗談です」

最初の頃《ころ》は灯里も俺に警戒していたようだけど、ダンジョンでの冒険や同居生活をしているうちに打ち解け、今ではこんな風に冗談を言ったりきたりして、ボディタッチも多くなっている。

心を開いてくれて甘えたりしてくれるのは嬉《うれ》しいけど、無警戒なのはやめてほしい。ただでさえ家では服装とか緩いんだから。

灯里と一緒にご飯を食べている時、俺は来週の予定を話題に出した。

「今週の土曜から再来週の月曜まで休みだから、毎日ダンジョンに行けるよ」

「えっ本当ですか⁉　でも、どうしてそんないきなり休みが増えたんですか……まさかお仕事が……」

「こらこら、クビになったとかじゃないからそんな顔しないでくれよ」

実は今日クビになりそうになったけど。まあそれは言わないでおこう。自分のせいで、とか思うかもしれないし。

「忘れたのか？　来週からＧ　Ｗ《ゴールデンウィーク》だよ」

「そ、そういえばそうでした！」

ビックリする灯里。

実は今週の土曜から来週の日曜まで、うちの会社は九連休という大型連休だった。

本当は一日だけ平日なのだが、今年はたまたま休みが続いたので会社全体で休日になった。

うちの会社は優良企業だから、そういうところは結構融通が利《き》いたりする。

「じゃあ、毎日行きましょう！　わぁー、なんだか凄く楽しみです！」

今のところ休日の土日しか行けてないもんな。こんなに連続で行けるとなると楽しみだろう。

五十嵐さんを誘ったら勿論《もちろん》行きますと言ってくれたし、ＧＷはダンジョン三昧《ざんまい》だ。

「頑張ろうな、灯里」

「はい！」

第一章　ヒーラー

ＧＷ初日の土曜日。

俺《おれ》と灯里《あかり》は早速ギルドを訪れていた。大型連休だからか、いつもより沢山《たくさん》の人がいる。

それにギルド周辺では、スポーツ球技場のように屋台やグッズ販売が展開されていて、祭りのような雰囲気が醸《かも》し出されていた。ネットで見たのだが、実際イベントとかもやるみたいだ。夜には花火も上がるらしい。

熱気のあるギルドを眺めて楽しみつつ、エントランスに入る。

待ち合わせ時間よりも早く来ていた五十嵐《いがらし》さんと合流し、正面通路を出て広場に出た。装備受け取り場所のスタッフに冒険者カードを提示し、預けてある防具を受け取り、更衣室に向かう。

新調したウルフ装備に身を包み、灯里と五十嵐さんと合流。俺も灯里も私服からダンジョン装備になったことで、周りと同じように一端《いっぱし》の冒険者に見えた。

少しだけ誇らしく感じながら、ダンジョンに入るため列に並ぶ。順番が来るとスタッフについていき、通路を歩いて自動ドアにたどり着く。

近づくと、自動ドアがウィーンとひとりでに開き、その中は漆黒の空間が広がっていた。

「よい冒険を」

スタッフと、自動ドアの周りを警護している自衛隊員に見守られ。

俺と灯里と五十嵐さんの三人は、一緒に自動ドアの中に入っていったのだった。

◇

◆

◇

一瞬だけ意識が混濁し、目を開くと美しい草原が広がっていた。

東京タワーの中にこんな世界があるなんて今でも信じられず、それでいて雄大な光景に心が惹《ひ》かれてしまう。

灯里は少し気持ち悪そうにしていた。まだダンジョン酔いに慣れていないらしい。それと比べてベテラン冒険者の五十嵐さんはケロッとしている。

俺達が訪れたのは四層で、今日の目標は五層到達だ。

早速取得したばかりの【収納】スキルを使い、食べ物や飲み物、タオルや着替えなどが入っているリュックサックを異空間の中に仕舞い、鋼鉄の剣とバックラーを取り出す。

やっぱり【収納】スキルは便利だな、取得してよかった。

取得するのに100ＳＰ《スキルポイント》も必要で割高だが、一度取得してしまえば使用する際にＭＰを使うことはない。

剣や盾《たて》をわざわざ持ち帰らず仕舞っておけるし、荷物になるリュックサックも入れておける。しかも異空間の中は時間が止まっていて、冷たい飲み物や温かいご飯がそのままの状態で保存できるのだ。

本当に便利過ぎる。【収納】スキルがあるのとないのとでは、探索の快適度が段違いだった。

「じゃあ、五層への階段を探しながらモンスターと軽く慣らそうか」

「はい！」

ということで探索を始めると、すぐにモンスターと遭遇する。

盾役《タンク》の五十嵐さんがすぐさま前に出て、挑発スキルを使用しながら指示をくれた。

「プロバケイション！　ゴブリン2、ホーンラビットとロックボア、スカイバードが1。士郎《しろう》さんはゴブリン、灯里さんはスカイバードを！」

「「はい！」」

与えられた指示に従って行動を開始する。灯里は白い弓矢を上空に向け、俺は五十嵐さんに殺到するゴブリンへ駆け出す。

疾《はや》い。単純にレベルが上がったのもそうだけど、ウルフ装備による敏捷アップの能力で素早く動けるのだ。足が軽く、あっという間にゴブリンに肉薄し、剣を振るう。避けられることなくダメージを与え、追撃によって倒す。

異常種のゴブリンキングと戦ったお蔭か、ゴブリンが雑魚《ざこ》に思えるな。

それに俺自身の戦闘技術も向上している気がした。まあそれは自惚《うぬぼ》れで、全部スキルのお蔭なんだろうけど。だけど確実に、以前よりはパワーアップしている。

もう一体のゴブリンを屠《ほふ》って状況を確認すると、既に灯里もスカイバードを倒して狙《ねら》いをロックボアに定めている。灯里の弓の腕もかなり上達していて、威力も上がっていた。

なにより矢の命中率が半端《はんぱ》ない。あんなに不規則に動き回っているのに、よく当てられるよな。彼女の技量に感心しつつホーンラビットに攻撃を仕掛ける。

角兎は未《いま》だに五十嵐さんを攻撃しているので、隙《すき》だらけだった。なので背後から襲い掛かろうとすると、ギリギリ躱《かわ》されてしまう。

「あれっ」

「キュウ！」

「うおっ⁉」

反撃してきたホーンラビットの角を、左腕に装着しているバックラーで慌《あわ》てて受け止める。

ガツンと重たい衝撃がきて、二歩ほど後退した。

危なかった……危うく殺されるのが二回目になるところだった。いけないいけない、ちゃんと集中しなければ。

慢心していた自分に喝を与えながら、左手をホーンラビットに向けて呪文《じゅもん》を唱える。

「ファイア！」

「キュ⁉」

左手から放たれた火炎を浴びた角兎は、もがき苦しみながら地面をのたうち回る。そんなモンスターに今度こそトドメを刺して、戦闘は終了となった。

「お疲れー」

「お疲れ様です。許斐《このみ》さん、今油断しましたね」

「う、うん……」

近寄ってきた灯里と、五十嵐さんが恐い顔で俺の怠慢プレーを注意してくる。

図星を突かれ、言葉が出てこない。

「レベルも上がって装備も新調し、自分が強くなったことを自覚するのはいいと思います。それがダンジョンの楽しみの一つですからね。でもそういう時こそ、油断してつまらないミスで死んでしまう冒険者もいるのです。なので気をつけてください。許斐さんだけではなく、灯里さんもそうですよ」

「分かった、気をつけるよ」

「はーい」

やっぱり五十嵐さんは上司みたいだ。どっちが年上なのか分からない。

でもこうやって叱ってくれるのは、凄《すご》く助かるな。俺だけだったら、もう一度同じことをして次こそ死んでいたかもしれない。

折角《せっかく》GWに入って毎日ダンジョンに行けるんだ。死んでしまって四十八時間入れなくなるペナルティを受けてしまうのは勿体《もったい》ない。気を引き締めよう。

「では行きましょうか」

表情を柔らかくてして言う五十嵐さんに、俺と灯里は笑顔で頷《うなず》いた。

その後すぐに階段を見つけて、俺達は五層へと足を踏み入れたのだった。


五層にやってきたが、景色は今までと変わらない。

だけどモンスターの種類は増えている。ダンジョンものではゴブリンとスライムに次ぐポピュラーな豚型モンスターのオークや、馬のワイルドホース、針状の毛で覆《おお》われているハリモグン。その他《ほか》にも新しいモンスターが追加されていた。

「前方にオーク2、右方向にワイルドホース1、ウルフ2、左方向にハリモグン1」

「弾《はじ》かれた⁉」

灯里が先制攻撃をハリモグンに仕掛けたが、放った矢は針の鎧《よろい》に弾かれてしまう。あの針、相当硬いぞ。

プロバケイションを発動する五十嵐さんの横を過ぎ去り、オークに接近する。近くで見るとやはり迫力があるな。身長は俺より小さいが、身体《からだ》が大きく腹も出ているから自分よりも大きく見える。

「ブゴッ！」

「はああ！」

オークのフックを避け、カウンターに斬撃を浴びせる。肉を裂くと鮮血が飛び散るが、オークは全く怯《ひる》んでいない。

浅かったか、それとも耐久力があるのか。これならどうだと、左手を向け至近距離で火炎を放つ。

ブヒイイイと悲鳴を上げるオークの腹は焦《こ》げているが、これでもまだ耐えている。トドメを刺そうと踏み込もうとしたその時、ワイルドホースとオークを抑えている五十嵐さんが「危ない！」と叫んだ。

その声に反応して身を翻《ひるがえ》すと、飛びかかってきたハリモグンとすれ違う。

危なかった……五十嵐さんが注意してくれなかったら直撃していたかもしれない。

「痛っつ」

不意に左太ももに痛みが走り、何だと視線を向けると、太ももに針が刺さっていた。

この針ってハリモグンの針か？　躱しきれずに当たってしまったのだろうか。掠《かす》っただけで刺さるのかよ。

今すぐ針を抜き取りたい衝動にかられるが、そんな暇を許してくれない。突進してくるオークを横にステップして回避するが、チクチクした痛みが動きと思考を低下させる。

灯里はウルフを相手にしている。ここは自分の力で乗り切るしかないだろう。再び飛びかかってくるハリモグンに火炎を放って牽制《けんせい》し、今度はオークに左手を向ける。いつまでも時間はかけていられない。

「ギガフレイム！」

「ブヒャアア⁉」

ファイアより威力のある豪炎を放つと、オークは絶叫を上げて消滅した。

ハリモグンは未だに燃えていてもがき苦しんでいるが、接近して攻撃することを恐れた俺はもう一度火炎を放ってトドメを刺す。

すぐさま状況を確認すると、灯里は二体のウルフを倒しきってワイルドホースを攻撃していた。俺は残るオークに近寄り斬撃を繰り出す。

(なにか……切れ味が悪いぞ⁉)

さっきオークを斬った時よりも、肉を裂く時に抵抗があった。なんとか振り抜けたが、何故《なぜ》切れ味が落ちているのか分からず困惑してしまう。刺さっている針のせいで回避力も落ちていたので、オークの拳打《けんだ》をくらってしまう。バックラーで受け止めはしたが、今までのモンスターの中で一番力があり身体が浮いてしまった。

「くっ、ギガフレイム！」

状況を打開すべく豪炎を撃ち、弱っているところを剣で胸を突き刺す。

なんとか倒した俺は五十嵐さんの方を確認すると、灯里が新しく覚えた武技《アーツ》のパワーアローでワイルドホースの頭を撃ち抜いていた。

モンスターを倒しきった俺はほっと胸を撫《な》でおろし、太ももに突き刺さっている針を引っこ抜く。

「痛てて……」

「大丈夫ですか⁉」

「うん、少し痛いけど大丈夫だよ」

「これを塗ってください。その程度の怪我《けが》なら治ります」

「ありがとう」

心配する灯里を安心させるように声をかけ、五十嵐さんから塗り薬を貰《もら》う。それを傷口に塗ると、針穴が一瞬で塞《ふさ》がり痛みが引いた。どうやらこの塗り薬は回復アイテムのようで、ＨＰも回復するらしい。この塗り薬は一つ二千円とかだから、ポーションよりは回復量は劣るけど安いため新米の冒険者が使っているそうだ。

「やっぱり五層のモンスターは強いな。一体倒すだけで一苦労だよ」

「分かります……私もウルフを中々倒せなくて慌てちゃいました」

「それに、気のせいかもしれないけど剣の切れ味も落ちていたし」

鋼鉄の剣を眺めながらそう言うと、五十嵐さんが「気のせいではありませんよ」と説明してくれる。

「剣の切れ味が落ちたのはオークの肉を斬ったからでしょう。皮脂が剣に付着してしまったんです。モンスターは倒すとポリゴンとなって消滅し血痕なども完全に消えますが、モンスターによっては身体の一部が残っていたりします。ハリモグンを倒しても針が刺さっていたままだったり」

「へえー、モンスターにはそういう仕様があったんだ」

「そういえば、そんな話聞いたことがあります」

モンスターの仕様に感心する俺と灯里。では脂のついた剣はどうすれば元に戻るのかと聞いたら、紙や布などで拭《ふ》けばすぐに取れるらしい。

早速収納からリュックサックを取り出しティッシュを出して剣を拭うと、あっさり油が取れてしまった。作業を終えると、五十嵐さんが難しい表情を浮かべて話をしてくる。

「正直に言いますと、今のパーティーで五層は厳しいです。許斐さんと灯里さんは適正レベルではありますが、モンスターの数も多いので対応が間にあっていません。その負担を魔術やアーツで補ってはいますが、MPの消費が激しくなってしまいます。そうなってしまいますといざという時に使えなくなり死ぬ危険も増えてくるでしょう」

そう言われると、五層に来てからギガフレイムやパワースラッシュを連発している気がする。

ステータスを開いてMP残量を確認すると、残り僅《わず》かとなっていた。

危ない危ない……五十嵐さんの言う通り、このまま戦闘していたらMPを使い切って殺される可能性があった。MP管理はちゃんとしなきゃな。

「ダンジョンを探索する場合、パーティーの人数は五人が最適と言われています。タンク1、アタッカー3、ヒーラー1の攻撃型パーティー。またはタンク2、アタッカー2、ヒーラー1の安定型パーティーなど、五人編成は優れています。最低でも四人は必要でしょう。階層の適正レベルより大幅にレベルが上だったら三人でもいけますが、そうでないなら四人にするべきです。私見ですが、このパーティーに必要なのは回復役《ヒーラー》です。怪我を負って一々《いちいち》回復アイテムを使うのはコスパが悪いですし、ヒーラーがいるだけで戦闘の安心感が違います」

「ヒーラーかぁ……」

五十嵐さんの話を聞き、少し考えてみる。

今まで三人でやってこられたのも、レベルが高く経験豊富な五十嵐さんがいたからこそだ。これが俺と灯里と同レベルの人だったら、きっと四層ですら通用していなかっただろう。

五層のモンスターは四層よりさらに厄介《やっかい》で強くなっているし、怪我を負うリスクも増している。さっきのハリモグンの怪我だけでも戦闘に支障が出たし、これが骨折レベルとかだったら戦闘を継続していられないだろう。その度に高いポーションを使いたくもないし。

「灯里はどう思う?」

「私は……この三人でもいけると思ってた。だけど五層のモンスターは手強《てごわ》くて、後ろで矢を撃ってる私と違って前衛の士郎さんや楓《かえで》さんは怪我をする頻度が高くなるよね。そう思ったら、やっぱり私もヒーラーが必要だと思う」

冷静に分析して話す灯里。それを聞いて五十嵐さんも微笑《ほほえ》んでいる。

よし、これで方針は決まったな。

「今日は五層の探索を諦《あきら》めて、四層に戻ろう。ダンジョンから戻ったら、フリーのヒーラーを募集しようか」

「はい！」

「それでいきましょう」

方針を固めた俺達は、極力モンスターとの戦闘を避けつつ下り階段を探し、四層へと戻る。

昼休憩を取ってから、四層のモンスターと戦闘を繰り返し経験値を得ながら、ドロップした魔石やアイテムを拾い、日が沈んできた頃《ころ》にダンジョンを後にしたのだった。

「お帰りなさいませ、大丈夫ですか？」

「はい、ありがとうございます」

ダンジョンから東京タワーの出口に戻ってきた俺達は、スタッフに連れられて大広場に戻る。

魔石を換金し、装具やアイテムをギルドに預けてエントランスに戻った。

以前に行った八番窓口に向かい、番号札を貰う。順番が来たので、俺と灯里は窓口に着席する。因《ちな》みに五十嵐さんは少し用があると言ってどこかに行ってしまった。どのヒーラーを選択するかは、俺達に委《ゆだ》ねるとのこと。

「本日はどのような冒険者をお探しですか？」

「女性でヒーラーの方を探しているんですけど」

「分かりました、少々お待ちください」

カタカタポチポチとスタッフはパソコンを動かして検索してくれる。しかし一人もいなかったのか、「申し訳ございません」と言って、

「只今《ただいま》フリーの女性ヒーラーはいないようです。ヒーラーは他の職業よりも母数も少ないですし、女性となると人気ですから」

「そうですか……では男性のヒーラーはどうでしょうか」

「男性のヒーラーも今は募集していないようです。ほとんどの冒険者が前日にマッチングしているので、恐《おそ》らくGWに合わせていたと思われます」

「そうですか……ありがとうございました」

スタッフの話を聞いて、そりゃそうだよなぁと心の中でごちる。

俺達と同じようにGWをダンジョン三昧《ざんまい》にするのなら、前日までにはパーティーを組むのは当然のことだ。俺達は始動が一歩遅かったのだ。

俺と灯里は八番窓口を後にして、待合室のソファーに座り二人で落ち込む。

「ミスったなぁ……もう少し早くヒーラーが必要だと分かってれば募集していたんだけど……」

「どうしましょう」

「う～ん」

二人で考えを巡らす。ヒーラーがいないとなると、次点ではタンクを募集するべきか。五十嵐さんが戻ったら相談して、もう一度八番窓口で探してもらおう。

そんな話を灯里としていたら、突然男性に声をかけられた。

「あの～、少しいいでしょうか？」

「はい、なんでしょう――（ってデカッ⁉）」

声をかけられたので視線を向けると、そこには首をかなり上げるぐらい背が高い男性がいた。その身長に驚いてしまう。多分一九〇センチぐらいあるんじゃないだろうか。

突然声をかけてきた男性はひょろ長く、顔は細目かつ目尻《めじり》が下がっていて優しそうな印象がある。

俺と灯里が高身長に圧倒されて黙っていると、男性は後頭部を触りながら下手《したて》な感じで口を開いた。

「失礼ですが、先ほどヒーラーを探しているとの話を聞いてしまったのですが、もう見つかってしまいましたか？」

「いえ……まだですけど」

そう告げると、彼は「良かったぁ」と胸に手を当て安心したように息を吐く。

その様子に困惑していると、彼はニッコリと微笑みながらこう言ってきた。

「よろしかったら、僕とパーティーを組んでいただけませんか？　僕はヒーラーで、先ほどフリーになったばかりなんですよ」

降って湧《わ》いた都合のいい話に、俺と灯里はつい顔を見合わせてしまった。

◇◆◇

突如仲間志望してきた高身長の男性。いきなり過ぎて困惑してしまい、五十嵐さんと合流してから待合室で話し合うことになった。まず四人で軽く自己紹介をする。

男性の名前は島田拓造《しまだたくぞう》。

気軽にたっちゃんと呼んでほしいと頼まれたけど、呼べる訳がないだろうと心の中でつっこむ。穏やかそうな見た目に反してキャラが強いな。

職業は神官《プリースト》で、レベルは20。冒険者は趣味の範囲で活動しているそうだ。

別に聞いてないけど、自分から三十五歳で妻がいると言ってきた。確かに左手の薬指に指輪がはめられている。ていうか三十五歳って……とてもそうは見えないぞ。普通に二十代ぐらいかと思った。

俺達を誘った理由は、さっきも言った通りフリーになったばかりで、パーティーを募集するために八番窓口に訪れた時にたまたま俺達がヒーラーを探している話が聞こえたからだそうだ。声をかけてきたのは、すぐにパーティーに入りたかったから。ギルドに頼むとどうしても一日、二日のスパンがかかってしまい、折角のGWが潰《つぶ》れるのが勿体ないと思い、思い切って誘ってきたらしい。

俺と灯里は島田さんとパーティーになっても問題ないと判断したけど、五十嵐さんが一つだけ質問する。

それは、〝何故フリーになってしまったのか〟である。

そう言われてみれば、疑問を抱いてしまう部分もあった。八番窓口のスタッフが言っていたように、今ヒーラーは人気殺到で一人も募集していない。そんなヒーラーの島田さんが、どうしてGW初日でフリーになってしまったのか。恐らく今日探索したパーティーと問題があったと思うんだけど、その問題が気になってしまう。

五十嵐さんの質問に対し、彼は困ったように頬《ほお》をかきながら答えた。

「え～と、それがですね～、なんか僕が戦うことが気に入らないらしく、解雇されてしまいました」

「ヒーラーなのに戦うんですか？」

「それは勿論《もちろん》戦いますよ。タンクやアタッカーを無視するモンスターもいますし、自衛しないと死んでしまいますから」

それもそうかと納得する。

ヒーラーは回復だけしていると先入観を持っていたが、言われてみればヒーラーを攻撃するモンスターだっているよな。その時は守ってくれる仲間もいないし、逃げ切ることができなかったら戦うしかないだろう。

「俺はいいと思いますよ。灯里はどうだ？」

「私も大丈夫ですよ」

「五十嵐さんは？」

「そうですね……戦うところも見てみないと何とも言えないですし、とりあえず試しに一緒に潜ってみてもいいと思います」

「分かった。じゃあ島田さん、俺達のパーティーに入ってもらってもいいですか？」

「わぁ～！　ありがとうございます！　本当に助かります！」

嬉《うれ》しそうに俺の両手をガシっと握ってくる島田さん。

少し話しただけだけど、俺的には良い印象がある。

その後は軽く話して、明日の九時に待ち合わせをして解散することになった。

「いい人そうでしたね！」

「そうだな。なんか物腰が柔らかい人だったよ。明日の探索がちょっと楽しみだ」

「……」

「あっ見て、なんかやってるよ！」

ギルドを出て歩いていると、灯里が遠くを指した。

追いかけるように見ると、ステージでアイドルっぽい三人の女の子が歌って踊っている。その周りには多くのファンがいて、サイリウムを振り回して盛り上がっている。

誰《だれ》なんだろう……有名なのかなと見ていると、彼女達のことを知っている五十嵐さんが説明してくれた。

「彼女達はダンジョンアイドル、D・I《ディーアイ》のカノンとミオンとシオンですね。三人とも冒険者で、〝歌って踊って戦える〟がコンセプトのアイドルグループです。ダンジョンが一般人に公開された当初から結成され、今では世界中で人気を博しています」

「あー！　私知ってます！　よく配信動画で見てます！　うわー生のミオンちゃんだー！」

あー、そういえば俺も聞いたことはあったな。人気過ぎてCMまで出たらしい。俺はどちらかというと女性冒険者よりも男性冒険者のパーティーを視聴しているから、あまり彼女達のことは知らなかった。

「詳しいですね、五十嵐さん」

「実をいうと私、彼女達のファンですから。ということで、私も行ってきます。今日はお疲れ様でした」

そう告げる彼女はハチマキを額《ひたい》に縛ってハッピを羽織り、サイリウムを持って駆け出してしまった。アンタ……ガチのアイドルオタクだったんかい。準備もいいし、さては最初からこれが目当てだったな。

「ねえ士郎さん、折角だから私達も回りませんか？」

「そうだね、そうしようか」

「はい！」

ギルドの周りはどこもダンジョンに関したイベントをやっていて、俺と灯里は屋台にあるりんご飴《あめ》やわた飴、たこ焼きなどを買って食べながら見物していく。

それが何だかデートっぽくて、俺はつい顔を赤くしてしまった。

「楽しいですね、士郎さん！」

「そうだな」

灯里の笑顔を見ると、俺も嬉しくなってしまう。

両親を目の前でダンジョンに囚《とら》われた時から、きっと彼女は心の底から楽しんだことはないだろう。今も本当に心の底から笑えているのか俺には分からないけれど、少しでも灯里が楽しんでくれたらと心から願う。

「よーし、今だけは俺のおごりだ。じゃんじゃん食べていいぞ！」

「本当ですか⁉　じゃあいっぱい食べちゃいますね！」

喜びながらアレもいいコレもいいと指を折っていく。

そういえば灯里って、見た目にそぐわず腹ぺこキャラだった。かっこよく決めてしまったけど、俺は心の中で財布の中身を心配するのだった。

第二章　ダンジョン病

GW二日目の日曜日。

灯里《あかり》が作ってくれた朝ごはんを食べ、テレビを見ながらゆっくりした後、電車を乗り継いで東京タワーへ向かう。ギルドに到着すると、昨日に劣らないほど賑《にぎ》わっており、混雑していた。

集合場所であるエントランスの待合室に行くと、既に五十嵐《いがらし》さんと島田《しまだ》さんが待っている。

おはようございます、今日はよろしくお願いしますと四人で挨拶《あいさつ》し、早速大部屋に向かう。

装備を受け取り更衣室で着替えると、島田さんの格好が気になった。

群青色をベースとした、金色の縦線が入った神官服。格好良いですねと褒《ほ》めると、彼は照れながら「これ、妻の手作りなんですよ」と言ってくる。

ダンジョン産の装備を作ったのか⁉　と驚いたけど、どうやらただのコスプレらしい。奥さんが元コスプレイヤーで、衣装を作るのが趣味で作ってもらったんだとか。

意外と見た目を気にする冒険者はいて、服の中にダンジョン産の防具を着てその上から衣装を着ていたりする冒険者は少なくないようだ。

動画配信サイトで見る冒険者達は格好良い服を着ているなと思っていたけど、陰でそういう努力をしていたんだな……。

灯里と五十嵐さんと合流し、長蛇の列に並んで十分ほど待つと順番がくる。四人で自動ドアの前にいき、四層と頭に浮かばせながらみんなで自動ドアを潜《くぐ》り抜けた。

やってきたダンジョン四層。

午前中は四層でヒーラーがいる立ち回りを練習して、慣れてきたら午後から五層に挑戦することになっている。

「それではみなさん、傷ついても僕が治しますので思いっきり戦っちゃってください」

「はい、よろしくお願いします」

探索を開始し、モンスターと遭遇する。

五十嵐さんが前に出て挑発スキルを使うと、背後にいる島田さんもスキルを発動した。

「加速《ソニック》、防護《プロテクション》」

「おお⁉」

島田さんがスキルを発動した瞬間、俺《おれ》の身体《からだ》が青色とオレンジ色に淡く発光する。それと同時に、身体が軽く感じた。凄《すご》いな……これが付与《バフ》スキルの恩恵なのか。

自分の状態に驚きながら、モンスターに突っ込む。やばい、今までよりも断然速く動けるぞ！

「はぁ‼」

「ゲヒャ⁉」

ゴブリンに連続の斬撃を繰り出す。足が速くなっただけでなく、剣を振る速度も若干《じゃっかん》増している。あっという間にゴブリンを倒してしまった。バフスキルをかけてもらうと、こんなに戦闘が楽になるのか。ドーピングってこんな感じなのかな、とふと思った。

「ふっ！」

「キュウウ……」

「……ッ」

灯里も速射でホーンラビットとスライムを倒している。かなり調子が良いみたいだ。それに対して五十嵐さんは微妙に不満気な表情を浮かべている。何か気に入らないことがあったんだろうか？

調子が良い俺と灯里は、魔術やアーツを使わずにモンスター達を全滅させた。一度集まり、俺と灯里が島田さんを褒めちぎる。

「凄いです島田さん！　身体が軽く感じました！」

「私もです！　いつもより調子が良くて、集中できました」

バフスキルの力を体感した俺は、改めてヒーラーの有用性を理解できた。バフスキルだけでもお釣りが出るくらい役立つのに、回復もできるんだもんな。そりゃ人気職なだけはあるよ。

「ははは、それは良かったです。でも僕はヒーラーとして普通のことしかしてませんから、そんなに褒めなくてもいいですよ」

謙遜《けんそん》する島田さんに、五十嵐さんが浮かない顔で伝える。

「島田さん、申し訳ないのですが私にプロテクションは使わなくていいです」

「えっどうしてですか？　何か気に入らないこととか……」

「その……防御力が上がってしまうと、全然気持ちよくなってしまうというか……まあ私事なので。バフは許斐《このみ》さんと灯里さんに集中させてください」

「は、はぁ……分かりました」

五十嵐さんの要求に、あまり意味が分かってないように頷《うなず》く島田さん。

俺は彼女を見ながら、全くこの人は……と呆《あき》れていた。隣を見ると、灯里もはぁとため息を吐《つ》いている。

流石《さすが》五十嵐さん……ぶれねぇなあ。

それからもモンスターと戦い連携を確認していき、お昼頃《ごろ》になると結界石を使用して昼食を取ることにした。

お昼ご飯は灯里の手作り弁当だ。ちゃんと五十嵐さんと島田さんの分も作ってきていて、抜かりない。だけど島田さんも奥さんの手作り弁当を持ってきていた。それを見て、五十嵐さんがず～んと落ち込んでしまう。

「皆さん凄いですね……私は料理スキルは皆無なので羨《うらや》ましいです」

「じゃあGW中に一緒に料理しませんか？　私が教えますよ」

「灯里さん……ありがとうございます。お言葉に甘えて教えていただきます」

彼女達のやり取りを眺めていた島田さんが微笑《ほほえ》ましそうに「仲が良いんですねぇ」と言いながら、続けて尋ねてくる。

「皆さんはパーティーを結成して長いんですか？」

「一か月前に灯里とパーティーを組んで、それからフリーの五十嵐さんに入ってもらったんです」

「へえ、そうだったんですか」

「島田さんは冒険者は長いんですか？」

「そうですね～、僕は一年前ぐらいにやり始めたかな。知り合いがいなかったから最初は一人でやって、レベルが上がってからはフリーになって色々な人達とパーティーを組んでいたよ」

「固定パーティーには入らなかったんですか？」

灯里が尋ねると、島田さんはう～んと困った風に後頭部をかく。

彼曰《いわ》く、固定パーティーを組んでもすぐに解雇されてしまうようだ。何度かそれを繰り返して、面倒だからフリーでやっていくことにしたみたい。

と、今度は五十嵐さんが質問する。

「失礼ですが、奥様は冒険者にならなかったのですか？」

「妻はファンタジーとか二次元は大好きなんですけど、運動音痴なのと戦うのが恐いから冒険者はならなかったなぁ。僕がダンジョンに行ってる間は、同人誌を描いていたり友達と聖地巡礼したりしていますよ。僕はダンジョンが楽しいから、妻に断ってフリーで冒険者をしているんです」

そうだったのか。ってか奥さん凄いな。元コスプレイヤーで衣装も作れる上に同人誌も描いているのか。

話を聞いていると、夫婦仲が良さそうで少し羨ましい。俺は結婚願望とかはなかったけど、もし結婚するなら幸せな家庭を築きたいな。

「ん？　どうしたんですか士郎《しろう》さん。私の顔に何かついてます？」

「ごめん、なんでもないよ」

どうやら俺は灯里のことをじっと見つめていたようだ。やっぱり、無意識の上に意識してしまっているんだろうか。特に今は、灯里と同居しているしなぁ。

いや、何を馬鹿《ばか》なことを言っているんだ許斐士郎よ。お前は二十六歳で灯里の保護者だろーが。女子高生の彼女をそういう対象で〝見てはいけない〟だろう。

うん、気をつけよう。

「ごちそうさま、今日も美味《おい》しかったよ」

「ごちそうさまです。灯里さんの料理は最高でした」

「えへへ、そんな褒められると照れるなぁ」

昼休憩を終えた俺達は、階段を見つけて五層へと向かったのだった。

「前方にオーク2、左方向にホーンラビット1にゴブリン1、右方向にスライム2。前は私が食い止めますので許斐さんは左を、灯里さんは右をお願いします。プロバケイション！」

「「了解！」」

「ソニック、プロテクション」

五十嵐さんから指示を貰《もら》い、島田さんからバフスキルをかけてもらった俺は、ホーンラビットとゴブリンへ駆け出す。勿論《もちろん》のことだが、四層より五層のモンスターの方がＨＰや攻撃力が高くなっていて、倒しにくくなっている。

昨日はそれが原因で倒すのに時間がかかってしまい、傷を負うこともあった。だけど昨日より調子が良い今なら、苦戦せずに倒せる。

殴りかかってきたゴブリンの拳《こぶし》をバックラーで受け流す《パリィする》。

体勢が崩れた胸部に剣を振り下ろした。すると、側面からホーンラビットが挟撃してきたので、俺は身を翻《ひるがえ》して紙一重で躱《かわ》した。

昨日の俺だったら、慌《あわ》ててバックラーで防御していただろう。だけど今はモンスターの動きがよく見えるから、避けることも可能だった。

前を向いているホーンラビットの背中を剣で突き刺し、傷を負っているゴブリンを蹴飛《けと》ばして転ばせ、首筋に剣を突き立てる。ポリゴンとなって消滅していくゴブリンを横目に、再び飛びかかってくるホーンラビットを躱し様に剣を横一閃《いっせん》して斬り倒した。

よし、MPを使わないで倒したぞ。昨日ネットで調べて、アタッカーと魔法剣士の立ち回りを少し勉強した。

魔法剣士は比較的弱いモンスターには極力MPを使用せず己《おのれ》の力だけで倒し、強かったり倒しにくいモンスターには魔術やアーツを使うようにする。そうすることでMPを節約できるし、自分の戦闘技術も向上するからだ。

確かに昨日までの俺は、ゴブリンやホーンラビットに対してもすぐにファイアを使って楽に倒そうとしていた。だけどそれではコスパが悪すぎる。剣術で倒せるなら、なるべく剣術で倒そう。

まあ、そんなことができるのも島田さんのバフスキルのお蔭なんだけども。

目の前のモンスターを倒した俺は、五十嵐さんの盾《たて》を殴り続けるオークへ駆け出す。

「キッツ！　いいですよ豚さん！　今のはキキました、30点あげましょう！　ほら、もっといけるでしょう⁉」

二体のオークから攻められているというのに、彼女は相変わらずドMを発揮していた。五十嵐さんの豹変《ひょうへん》ぶりに島田さんが「ええ……」とドン引きしている。

あーあ、防護のバフをいらない理由がバレちゃったじゃないか。

俺と灯里は見慣れた光景だけど、初見の人はやっぱり驚くよな、アレは。

まあそのことは今は置いておいて、オークに肉薄した俺は新しく習得したアーツを放つ。

「フレイムソード！」

「ブゴオオオオ⁉」

燃え盛る炎の剣で腹を斬り裂くと、オークは絶叫を上げた。

実はステータスを開いて、新しく【魔法剣1】を取得していた。これを取得すると、自分が取得している属性スキルに応じたアーツを放つことができるのだ。

例えば【雷魔術】を取得していたら「サンダーソード」を使え、【水属性】を取得していたら「アクアソード」を使える。そして俺の場合は【炎魔術】を取得しているから「フレイムソード」が使えるのだ。

このアーツの利点は高い威力の割りには消費MPが5とコスパが良く、さらにはオークとの相性もいい。燃える剣なら分厚い肉を容易《たやす》く裂けるし、斬る際に付着してしまう皮脂も蒸発させられる。もっと早く使っていればと思いながら、再びフレイムソードを使ってトドメを刺した。

「フレイムアローー！」

「ブギャアアア」

灯里が放った火矢がオークの目に突き刺さり、力尽きて倒れてしまう。これでモンスターは全部倒したな。

新たなモンスターがポップしていないか確認してから、みんなで集まった。

「いやー皆さん強いですね、連携もバッチリでした。とてもパーティーを組んで一か月とは思えませんよ」

「そんなことないですよ。島田さんのバフスキルがあるからいつも以上に戦えていますから」

「いや～、そう言っていただけると嬉《うれ》しいですねぇ。そうだ、連戦しましたし回復しておきますね」

照れ臭そうに後頭部をかく島田さんがそう提案してくる。傷という傷は負っていないが、モンスターからの攻撃を防いだりしていて左腕が少し重くて痛いし、剣もずっと振っていると筋肉痛になってくる。お言葉に甘えてお願いすると、島田さんは回復魔術を発動した。

「エリアヒール」

発動キーとなる呪文《じゅもん》を唱えると、彼を中心に緑色の円が四人を囲うように広がる。すると、自分の身体が淡く光って身体の疲れや怠《だる》さが消えていった。

凄い……回復魔術ってこんな感じなのか。痛みも消えたし疲れも吹っ飛んだぞ。

「皆さん大きな傷はなかったので、ヒールではなくエリアヒールを使いました。ヒールより回復量は若干劣ってしまいますが、範囲内にいるパーティー全員を癒《い》やせるんです」

「凄い凄い！　足と腕の重みが消えました！」

「ありがとうございます！　これならまだまだ戦えそうです！」

「あはは、なんか嬉しいですね。当たり前のことしかやっていないのにこんな喜んでもらえるのって」

「それだけヒーラーは貴重ですからね。ヒーラーがいないパーティーほど、ヒーラーの貴重さがよく分かるんですよ」

「ああ、まだヒーラーと組んだことがなかったんですね」

俺達の喜びように納得する島田さんに、「そうなんですよね」と答える。

体力も回復して元気になった俺達はその後も探索を続け、いい時間になってきたので自動ドアを探す。遠くに見つけた時、モンスターの大群と遭遇してしまった。

「ギガフレイム！　くそ、数が多すぎる！」

突っ込んでくる二体のゴブリンを豪炎で蹴《け》散らしながら、悪態を吐く。そんな俺に、オークが剛腕を振るってきた。辛《かろ》うじてバックラーで受け止めたが、腕が痺《しび》れてしまう。

しまった、まともに受け過ぎた。左腕が上がらない！

やばいやばいと慌てたその時、俺の身体が緑色に輝く。

「ヒール」

「ありがとうございます！」

島田さんのヒールのお蔭で、左腕と体力も回復した。これでまたモンスターとも存分に戦える。ヒールさまさまだな。

ってやばい、ロックボアとワイルドホースが五十嵐さんを無視して島田さんに突進している！

距離も遠いし助けに行けない。ここから魔術を放っても届かないだろう。灯里もウルフやスライムに対応しているし、このままでは島田さんが殺されてしまう。

そう危惧した刹那《せつな》――信じられない光景が飛び込んできた。

「フひ」

「ブゴ⁉」

「ヒヒィン⁉」

ロックボアとワイルドホースの身体から鮮血が舞い、モンスターは地面に這《は》いつくばる。モンスターの前には弧を描くように嗤《わら》っている島田さん。彼の手には、死神が使うような大きな鎌を持っていた。

一瞬の出来事だった。収納から死鎌《デスサイス》を取り出し、向かってくるモンスターの肉体を斬り裂いたのだ。

「ブゴオ！」

「危っぶなっ」

驚愕《きょうがく》して余所見《よそみ》をしていたら、オークから攻撃されてしまう。ギリギリ躱し、火炎剣でオークを斬り倒すと、近くにいるモンスターのところへ行こうとする。

だがその瞬間、身体がヒールに包まれた。何故《なぜ》怪我《けが》を負っていないのにヒールを使ったのだろうかと疑問を抱いていたら、近くにいたモンスターが島田さんのところに殺到する。

何で俺を無視して島田さんのところに行くんだ？

（そうか、敵視《タゲ》か！）

回復魔術を使うと、モンスターのタゲを取ってしまうと聞いたことがある。だからモンスターは俺を無視して島田さんを襲いに行っているんだ。

やばい、いくら島田さんでもあの数に襲われたらひとたまりもないだろう。そう焦《あせ》って助太刀に向かうとするも、彼は手助けなんか必要ないほどモンスターを蹴散らしていく。

「ヒヒッヒヒヒ!!」

細目を薄く開き、不気味な哄笑《こうしょう》を上げ、クルクルと器用にデスサイスを振り回して次々とモンスターを斬り殺していく。モンスターの鮮血を浴びて神官が真《ま》っ赤《か》に染まるが、モンスターが死ぬとポリゴンとなって血も消える。だけどまた新しい血で服を染める。

その姿は神聖な神官ではなく、邪悪な殺人鬼のようだった。

あの穏やかで優しそうな島田さんが、こんな風に狂ってしまうなんて……。

驚愕で足が止まってしまうが、俺を襲うモンスターはもういない。一匹残らず島田さんに斬殺されてしまったからだ。

(もしかしてあの人も……ダンジョン病なのか!?)

自分の唇に付いたモンスターの血を舌で舐《な》めとる島田さんに、俺は恐怖を抱いたのだった。

◇◆◇

「うわーーー! またやってしまったああ! ごめんなさいごめんなさい!」

「「………」」

人格が変わったように大量のモンスターを血祭に上げた島田さんは、土下座する勢いで謝ってくる。そんな彼の反応に俺と灯里はどう対応すればいいか困惑していると、深いため息を吐いた五十嵐さんが提案した。

「一先《ひとま》ずダンジョンから出ましょうか。話はその後です」

確かにこんなところで悠長に話をしていたらまたモンスターに襲われるかもしれないし、五十嵐さんの言う通り一度現実世界に戻った方がいいだろう。

未《いま》だに頭を下げている島田さんを連れ、俺達は自動ドアを潜って現実世界に帰った。

現実世界に戻った俺達は、私服に着替えて装備を預け、ギルド内にあるカフェテリアで休憩していた。ここでご飯を食べる訳ではなく島田さんの話を聞くだけなので、みんなコーヒーしか頼んでいない。

裁判に立たされている罪人のように暗い顔を浮かべている彼に、改めて問いかけた。

「それで島田さん、さっきのはいったい……」

「簡単に言うと、ダンジョン病なんです。実は僕、モンスターを斬ると興奮してしまって我を忘れてしまう時があるんです……」

「じゃあ、さっきのも？」

「はい……ロックボアとワイルドホースの肉を斬った瞬間気持ち良くなってしまい、もっと……もっとと、気付いたらあの場面でした。恐がらせてしまい、本当に申し訳ありませんでした」

もう一度頭を下げて誠心誠意謝る島田さん。こんなに物腰が低く真摯《しんし》な人が、あんな風に変わってしまうなんて未だに信じられないな。

詳しく話を聞くと、最初はそんな風になることはなかったんだけど、モンスターを斬っていくうちに肉を断つ感覚が気持ちよくなってしまい、やめられなくなってしまったそうだ。

自分自身が恐くなってダンジョンを避けていたのだが、中毒症状みたいなのが出て我慢できず再びダンジョンに戻ってきてしまったらしい。中毒症状を抑えるため、今は定期的にダンジョンに潜っているそうだ。

彼の話を聞いて、ダンジョン病の恐ろしさを改めて実感した。ここまで精神を侵してしまうなんてヤバ過ぎるだろう。

五十嵐さんもスイッチが入るとヤバいけど、それでもしっかりとした自我を持っている。だけど島田さんの場合は、一度スイッチが入ると止まらなくなってしまうらしい。

他人事《ひとごと》ではないと思った。俺と灯里も、五十嵐さんに注意されなければダンジョンの魔性に取り憑《つ》かれて彼のように重度のダンジョン病になってもおかしくはなかった。改めて気をつけよう。

「あの～、やっぱりパーティーは解消ですよね？」

「えっ？」

「いや、ほら……こんな危ない奴《やつ》とは組めないですよね？　実は昨日もやらかしてしまって、パーティーの人から解雇を言い渡されてしまったんです」

落ち込み気味に尋ねてくる彼に対し、俺と灯里は困惑して顔を見合わせる。

確かにあの時の島田さんは狂気染《じ》みていた。でもそれまではバフスキルやヒールで凄く助けられたし、一緒に探索していても不快ではなかった。

俺的には自分より年上の男性がいてくれて精神的にもゆとりが持てたし、彼の力がなかったら五層攻略も不可能だろう。

ヤバい人なら五十嵐さんで慣れているし、俺はまだパーティーにいてもいいと思うんだけど。

その考えを伝える前に、険しい顔を浮かべる五十嵐さんが島田さんに問いかける。

「島田さん……パーティーの冒険者も斬っていますね」

「えっ⁉」

「……はい」

五十嵐さんに聞かれて、島田さんは白状したように首を縦に振る。まさか、モンスターだけではなく味方の人間も斬ってしまっているのか⁉

「昨日、ヒーラーが一日でパーティー解消と聞いた時、疑問に思って貴方《あなた》の過去のダンジョン動画を拝見いたしました。確認したところ、一度だけパーティーのアタッカーの腕を斬り飛ばしています」

「ま、マジか……」

「故意ではなく事故だったので大袈裟《おおげさ》にはなっていませんが、犯罪一歩手前です。ダンジョンでは常に動画が回っているので犯罪行為をすればすぐにバレてしまいますから、ダンジョンで犯罪しようとする冒険者はいません。だけど仲間内のフレンドリーファイアは起きてしまうこともあります。

そうした場合はしょうがないと許されるでしょう。ただ島田さんの場合は精神に異常をきたしていて、このままでは捕まってしまう可能性もあります。これは同じダンジョン病者であり、多くのダンジョン病者を見てきた私からの意見ですが、島田さんはカウンセリングをした方がいいと思います」

「……そう、ですよね。僕もそうした方が一番だと分かってはいるんです。ただ、そうするともうダンジョンには入れないと思って踏ん切りがつかなかったんです。元々は妻の影響でファンタジーが好きになって、ダンジョンの世界観も大好きだから、冒険者をやめるのが恐かった。でも……そろそろ潮時ですよね」

「島田さん……」

そうだよな……。みんな最初はダンジョンの世界に憧《あこが》れて冒険者になったんだ。彼の場合は、たまたまモンスターを斬る感覚に心地良さを覚えてしまった、いわば被害者だ。五十嵐さんの言う通り、手遅れになる前にカウンセリングをした方がいいのかもしれない。

けどそれでは、今までの島田さんの努力も全《すべ》て無に帰してしまう。よく考えて、俺は口を開いた。

「病ってことは、治せるってことですよね。なら島田さん、一緒にダンジョン病を克服していきませんか？」

「えっ？」

「モンスターを斬る感覚を楽しんでしまうのは仕方ないと思うんです。俺だって、たまにアドレナリンが出まくってモンスターと戦うのが楽しくなってしまう時がありますから。なのでせめて、自我を失わないようにしましょう。そうすれば、普通の冒険者としてやっていけますよ」

「い、いいんですか⁉」

「はい。それに、今の俺達にはヒーラーとしての島田さんの力が必要ですから」

「ありがとうございます！　本当にありがとうございます！」

島田さんは俺の手を強く握って、何度もお礼を告げてくる。年上の男性にこんなにへりくだられると困ってしまうな。すると、五十嵐さんが俺に問いかけてきた。

「いいんですか？　もし彼が暴走した場合、一番危険に晒《さら》されるのはアタッカーの許斐さんなんですよ」

「う〜ん、まあ大丈夫でしょ。俺、一度ホーンラビットに殺されてるし。ダンジョン病も五十嵐さんので慣れてるからもう慌てないと思うし、アタッカーの俺が剣で負ける訳にはいかないよ」

「許斐さんがいいなら……私はもう何も言いません」

「それならよかった。灯里はどうだ？」

「私は……ちょっと心配ですけど、島田さん悪い人じゃないし、もう少し一緒にパーティーでも大丈夫です」

「そっか、ありがとう。ということで島田さん、これからもよろしくお願いします」

「はい、ありがとうございます」

全員の意見もまとまったところで、明日またダンジョンに行く約束をして解散することになった。

五十嵐さんはこの後一人でイベントに向かうみたいだけど、俺と灯里は今日は帰ることにした。昨日充分楽しんだし、祭りはまだ始まったばかりだからな。遊んでばっかじゃバテてしまう。


帰る途中で牛丼を買い、家に着いて食べる。

風呂《ふろ》に入った後は灯里と一緒にリビングでテレビを見ながらくつろいでいた。やはりGWのニュースが多くて、とくにギルドのイベントなどが放送されている。もしかしてテレビに写っているかもしれないと、灯里と一緒に探したが残念ながら写っていなかった。

そろそろ寝ようかという話になった時、真剣な顔を浮かべる灯里がこう言ってくる。

「士郎さん」

「ん、どうした?」

「もし、動画のように島田さんが士郎さんに斬りかかろうとした時は、私があの人を殺してでも止めますから」

「……」

「もう二度と、士郎さんは殺させません」

覚悟を決めたような声音で宣言する灯里の頭に手を置き、「ありがとう」と言って、

「そんなに心配しないでよ。大丈夫さ、島田さんもなんとかなるって」

「ふふ、やっぱり士郎さんって優しいですよね。もう寝ますね、おやすみなさい」

「ああ、おやすみ」

俺は自室のベッドに潜って、さっき灯里と一緒に見た島田さんのダンジョン動画を思い出す。動画の中の島田さんは気が狂ったように暴《あば》れていて、仲間の一人の腕を斬り飛ばしてしまったけど、あれは完全な事故だ。決して故意ではない。

俺達が強くなるには、彼の力が必要だ。毒を食らわば皿まで、とまではいかないけど……島田さんは必要な存在だ。それに、ダンジョン病で苦しんでいる彼を助けたい。

（大丈夫、俺ならやれるさ）

心の中で気合を入れた俺は、そのまま眠りについたのだった。

＜　スレッドタイトル【ＧＷは灯里ちゃん三昧】　⋮

２：東京の名無しさん
ＧＷだああああああああああああああ！
灯里ちゃーーーーーーーーーーーーん！
早くおいでーーーーーーーーーーーー！

３：東京の名無しさん
今年のＧＷは珍しく祝日が土日に重ならない大型連休だよな
一日有給取れば九連休だし
最高やわ

４：東京の名無しさん
ＧＷとか……そんなんねえよ
平日も普通に仕事です

５：東京の名無しさん
九連休取れるなんてホワイト企業かニートだけ
ブラックor一般人企業はそんな休めねーだろ
ましてや飲食店とか電化店のサービス業は書き入れ時だしな

６：東京の名無しさん
＞＞４
それなとしかいえん

７：東京の名無しさん
ギルドはＧＷにイベント結構やるみたいだよな
今日はＤ・Ｉのライブとかやるみたいだし、来週はアルバトロスの五十層攻略だし
めっちゃ楽しみだわ

８：東京の名無しさん
ワイも今日はＤ・Ｉのライブ見にいくでー
生のカノンちゃんに会いてー

９：東京の名無しさん
関東の奴等はいいよなー
行こうと思えばすぐにいけるし
おれは大人しくダンジョンライブ見よ

１０：東京の名無しさん
Ｄ・Ｉも人気になったもんだよなぁ
今や歌って踊って戦う日本で一番人気のアイドルグループだもん
最初はみんな馬鹿にしてたけどさ

１１：東京の名無しさん
アルバの連中は全員人間やめてるってレベルで強いよな
あいつらやべーわ

１２：東京の名無しさん
ソロの強さだと刹那が一番だけど
パーティーだとアルバが一強だわ
まあ日本の中だけだけど

１３：東京の名無しさん
刹那はソロで四十階層クリアした化物だから……

１４：東京の名無しさん
＞＞１２
刹那さんぼっちだから……

１５：東京の名無しさん
キターーーーーーーーー

１６：東京の名無しさん
きたーーーーーーーーー!!

１７：東京の名無しさん
待ってたぜワイの灯里ちゃん！
今日も可愛いよ

１８：東京の名無しさん
灯里ちゃんのスカイバード防具マジ可愛すぐる
スカートも最高です
本当に息子がお世話になってます

１９：東京の名無しさん
楓さんもゴリゴリの鎧じゃなくて色気のある防具にしてくんないかなー
高いやつだと防御力もあって可愛いやつあるし

２０：東京の名無しさん
シローのウルフ装備も結構サマになってるよな
冒険者になった感じがする

２１：東京の名無しさん
やっぱダンジョン産の装備つけるだけで見栄えが違うわ

２２：東京の名無しさん
四層だけど安定してるな
まあレベルも上がったし装備もつけたらそうなるか

２３：東京の名無しさん
やっぱ武器の性能って違うんやな
灯里ちゃんの弓矢めっちゃ当たるし、バシバシ殺してるわ

２４：東京の名無しさん
シローの動きもいいな
前より速くなってる気がする

２５：東京の名無しさん
灯里ちゃん可愛いよ灯里ちゃん

２６：東京の名無しさん
楓さんすげえわ
指示が的確だし相変わらず堅いし

２７：東京の名無しさん
あｗ

２８：東京の名無しさん
あっぶねｗｗ

２９：東京の名無しさん
ちっ惜しい……

３０：東京の名無しさん
シローお前油断してたやろ！
そういうのアカンですよ！

３１：東京の名無しさん
あーあｗ怒られてやんのｗ

３２：東京の名無しさん
ワイも楓さんに冷めた眼差しで怒られたいわー
頭踏まれながら蔑まれたいわー

３３：東京の名無しさん
楓さんはデキる上司や
ワイもこんな人の部下になりたい……切実に

３４：東京の名無しさん
楓さんの微笑みは美しいな
灯里ちゃんも良いけど楓さんも捨てがたいわ

３５：東京の名無しさん
これでこの人、重度のドＭやからな～

３６：東京の名無しさん
もう五層か～
やっぱペース早いな

３７：東京の名無しさん
こんなに早く五層行って大丈夫なん？
また殺されてまうで

３８：東京の名無しさん
はいでましたｗ
我らがオーク様ｗ

３９：東京の名無しさん
ブヒイイイイイイイイイ！！

４０：東京の名無しさん
灯里ちゃんを凌辱してほしい
オーク様頑張って！

４１：東京の名無しさん
段々モンスターの大きさとか強さとか上がってるよな
ワイルドホースかっけえわ

４２：東京の名無しさん
うまぴょい！うまぴょい！

４３：東京の名無しさん
オーク様ガタイ良すぎだろ
力士やん

４４：東京の名無しさん
ハリモグン堅ない？
あれ攻防一体の鎧やろ

４５：東京の名無しさん
うわ……痛そう……

４６：東京の名無しさん
触れただけで刺さるんかい！
怖すぎて近づけないわ！

４７：東京の名無しさん
あれ……これ意外とピンチやない？

４８：東京の名無しさん
オークさーーーん！！

４９：東京の名無しさん
ギガフレイム連発して大丈夫か？
MP足りてる？

５０：東京の名無しさん
なんとか倒したか

５１：東京の名無しさん
それにしても痛そうやな……
ワイだったら泣いちゃう

５２：東京の名無しさん
傷薬って安いんだっけ？

５３：東京の名無しさん
傷薬って便利だよな～
まあ高いけど

５４：東京の名無しさん
確か十一層からの密林ステージでバンバン出てくるんだよな
ポーションとかもそうだし

５５：東京の名無しさん
皮脂とかそんな仕様もあるのか
面倒臭えな
戦ってる最中に一々拭き取ってなんかできねえし

５６：東京の名無しさん
マジでダンジョンの仕様って意味わからんよな
返り血とかは勝手に消えるし
リアルとゲームがごっちゃになってるわ

５７：東京の名無しさん
辛勝やな～やっぱまだ五層は早かっただろ

５８：東京の名無しさん
やっぱ三人だと限界があるよな
囲まれてるし

５９：東京の名無しさん
パーティーは五人が妥当だよな
せめて四人は欲しいわ
つか回復役の神官とか祈祷師が欲しい

６０：東京の名無しさん
パーティーにおいてヒーラーは必須やろうな
だけどリアルだと少ないし人気で数自体が少ないけど

６１：東京の名無しさん
わざわざリアルダンジョンで回復役やりたいって奴いねえだろ
剣とか振り回したいもん
モンスターとか戦いたいもん

６２：東京の名無しさん
モンスターと戦う上では絶対怪我するからな
ヒーラーは必須よ
灯里ちゃんも物分かりよくなってるな

６３：東京の名無しさん
灯里ちゃんも成長してるなぁ
ワイは嬉しいで

７２：東京の名無しさん
四層に戻るのか
まあそれが無難やろ

７３：東京の名無しさん
灯里ちゃんの弁当が食べたいんじゃ～

７４：東京の名無しさん
奥さんにするならやっぱ灯里ちゃんやな
楓さんは仕事できるけど私生活レベル低そうやわ

７５：東京の名無しさん
シローの胃袋を掴んでる時点で灯里ちゃんが一歩リードやな
やっぱ男は手作り料理に弱い

７６：東京の名無しさん
灯里ちゃん可愛いよ

７７：東京の名無しさん
腹減ったな
カップラーメン食べよ……

７８：東京の名無しさん
う、羨ましくなんてないんだからね

７９：東京の名無しさん
＞＞７７
泣くな友よ

８０：東京の名無しさん
四層だとやっぱ安定してるな

８４：東京の名無しさん
当分は四層でレベル上げたほうがええわ
こっちとしてはつまらんけど

８５：東京の名無しさん
シローも灯里ちゃんも強くなってるよね
楓さんはいつも通りや

８６：東京の名無しさん
今日は終わりか

８７：東京の名無しさん
まあ明日も来るだろ

来てね……？

８８：東京の名無しさん
ちょうどよかったわ
これからD・Iの生ライブだし

８９：東京の名無しさん
生ライブ楽しみやわ～

９０：東京の名無しさん
終わった

９１：東京の名無しさん
ほなまた明日やな

９２：東京の名無しさん
なんかまた新キャラ連れてきそうな予感がする

９３：東京の名無しさん
もしヒーラーも美少女だったら今度こそシローは処刑やわ

９４：東京の名無しさん
わからんぞ
シローなら美少女を連れてくる可能性はある
あいつ何故かハーレム属性ついてるし

９５：東京の名無しさん
動画配信サイトの外国人コメントで、shiro so cuteってコメントもあるしな
日本ではおっさんやけど、外国人から見たら子供に見えるし

９６：東京の名無しさん
まあシローはどっちかといえば童顔やからな
“どちらかといえば”

９７：東京の名無しさん
そういやゴブリンキング戦から視聴率増えてるよな
ご新規が増えたって事か

９８：東京の名無しさん
まあ、ファンが増えることは良い事や
応援してるこっちも嬉しくなるし

９９：東京の名無しさん
新規が増えても、灯里ちゃんはワイだけのもんやで

１００：東京の名無しさん
シローは羨ましいな

１２０：東京の名無しさん
キターーー!!

１２１：東京の名無しさん
待ってましたよ灯里ちゃん!!

１２２：東京の名無しさん
ふぁ!?

１２３：東京の名無しさん
へあ!?

１２４：東京の名無しさん
だ、誰やこいつ!?

１２５：東京の名無しさん
新キャラやん!
もう新しい仲間を入れたんか!?

１２６：東京の名無しさん
デケエ……２メートルぐらいないか
てか流石に今回は男だったな

１２７：東京の名無しさん
島田拓造……なんだ男か
シローのハーレムパーティーも短い時間だったな

１２８：東京の名無しさん
服装からするとプリーストか
男でヒーラーやるやついるんやな

１２９：東京の名無しさん
確かに男でヒーラーは珍しいかも
大体が女性で、姫プレイしてるやつばっかだからな

１３０：東京の名無しさん
ふぁ!?
こいつ左手の薬指に指輪つけとるやん!
既婚者か

１３１：東京の名無しさん
よかったなシロー
相手が既婚者で

132：東京の名無しさん
いや、島田による寝取りもあるかもしれんぞ

133：東京の名無しさん
>>132
ワイの脳は破壊しないでくれ(´;ω;`)

134：東京の名無しさん
格好からするに結構強そうだな
レベルも高そう

135：東京の名無しさん
島田から大人の余裕を感じるわ

136：東京の名無しさん
早速バフスキルか

137：東京の名無しさん
バフスキルいいよな
あれかけて貰うだけでめちゃくちゃ動きやすくなるらしいし

138：東京の名無しさん
大丈夫？
細目は裏切り者って相場が決まってるけど

139：東京の名無しさん
シローも灯里ちゃんも調子よさそうやね
やっぱヒーラーは必要だったわ

140：東京の名無しさん
バフスキルマジ使えるな
これで回復も使えるんやろ？
なんでヒーラーの数が少ないねん

141：東京の名無しさん
>>140
だって自分は面白くないんだもん

142：東京の名無しさん
士郎無双ｗ

143：東京の名無しさん
四層だと余裕やな

144：東京の名無しさん
灯里ちゃんの連射速度も上がってるわ
加速強え

145：東京の名無しさん
でもなんか楓さんだけ不満顔じゃね？

146：東京の名無しさん
ほんまや、どうしたんやろ
バフスキルを使うとデメリットになるスキルを持ってるとか？

147：東京の名無しさん
楓さんｗｗｗｗ
プロテクションいりませんからｗｗｗｗ

148：東京の名無しさん
気持ちよくならないとかｗ
この人ほんまもんのドＭやｗ

149：東京の名無しさん
島田困惑してるやんｗ
そらー頭？になるわな
プロテクションかけなくていいっていうタンクなんか普通おらんやろ

150：東京の名無しさん
楓さんぶれねえなｗ

151：東京の名無しさん
やっぱヒーラー一人加わるだけで安定するな
まあ怪我してもすぐ回復してもらえることが分かってる心の持ちようが違うしな

152：東京の名無しさん
お昼タイムや！

１５３：東京の名無しさん
島田は奥さんの手作り弁当か
羨ましい……

１５４：東京の名無しさん
楓さんも少しは料理覚えようよ……
そんなんじゃ灯里ちゃんに負けてまうぞ

１５５：東京の名無しさん
敵に塩を送る灯里ちゃんマジ天使！

１５６：東京の名無しさん
私も灯里ちゃんに料理教えてもらいたい……

１５７：東京の名無しさん
あれからもう一か月経つのか
早いもんやな

１５８：東京の名無しさん
あの頃のシローと灯里ちゃんが懐かしいわ

１５９：東京の名無しさん
初々しかったなぁ

１６０：東京の名無しさん
島田はフリーなのか
なんで固定パーティー入らんのやろ？

１６１：東京の名無しさん
ヒーラーを解雇するって、よっぽどだろ
もしかして島田、ヤバい奴なんじゃ……

１６２：東京の名無しさん
まあ冒険者一本じゃなくて社会人の冒険者はフリーが多いからな
いてもおかしくはないけど

１６３：東京の名無しさん
奥さん同人誌作家かよｗ

１６４：東京の名無しさん
どんな本書いてるんやろ
ちょっと見てみたいわ

１６５：東京の名無しさん
島田の奥さんアニメオタクだったｗ

１６６：東京の名無しさん
なんやシロー
灯里ちゃんの顔見てぼーっとして

１６７：東京の名無しさん
やっぱりシローは灯里ちゃんに惚れてるんやろか

１６８：東京の名無しさん
そらそうやろ
灯里ちゃんマジで美少女やぞ

１６９：東京の名無しさん
楓さん頑張れ！応援してるぞ！

１７０：東京の名無しさん
灯里ちゃんの笑顔は癒されるなぁ

１７１：東京の名無しさん
今日も五層いくんか

１７２：東京の名無しさん
まあ今日は島田がいるしな
いけない事はないか

１７３：東京の名無しさん
バフスキルいいわー

１７４：東京の名無しさん
シローも灯里ちゃんも絶好調やね
楓さんはお病気がｗｗ

175：東京の名無しさん
楓さんノってきたなｗ

176：東京の名無しさん
おお!!シローいつの間に新しいスキル覚えたんや!?

177：東京の名無しさん
魔法剣か
ってことはシローのジョブは魔法剣士になったんやね

178：東京の名無しさん
炎の剣ってかっこいいな
エフェクトが映えるわ

179：東京の名無しさん
昨日手こずったオークも余裕やん

180：東京の名無しさん
魔法剣士の属性ソードはコスパがいいからな
スキルレベル上げれば飛ぶ斬撃とかも出せるし

181：東京の名無しさん
灯里ちゃんもばっちしやね
やっぱ序盤は炎属性一強やわ

182：東京の名無しさん
炎使い勝手いいもんな

183：東京の名無しさん
ウッドも使えるけど、覚えてるやつおらんしな
リアル職業が園芸だったり土木だったりすると覚えるらしいんやが

184：東京の名無しさん
島田がいれば五層は平気そうやな
この先も問題なくいけそう

185：東京の名無しさん
てか島田のスキル回しも上手いよな
効果が切れてもすぐにかけてるし

186：東京の名無しさん
バフとかヒールのスキル回しって難しそうだよな
敵と味方と自分と全部の状況把握しなきゃいけないし
MP管理も大事だし

187：東京の名無しさん
こうしてみるとヒーラーはマルチタスクできる奴じゃないと難しいわ

188：東京の名無しさん
エリアヒールもいいよな
コスパ良いし
傷薬より効果あるし

189：東京の名無しさん
やっぱ探索にはヒーラーが必須やわ

190：東京の名無しさん
あかんｗ
シローと灯里ちゃんが戦闘凶になってまうｗ

191：東京の名無しさん
お薬キメた感じになってるやんｗ

192：東京の名無しさん
おっ
お帰りの準備か

193：東京の名無しさん
まあ今日は見応えあったしええわ
明日も来るかな

194：東京の名無しさん
あーあ、ついてない

195：東京の名無しさん
自動ドアを見つけた途端にモンスターの大群ってｗ
ダンジョンも意地悪だなあ

196:東京の名無しさん
島田ピンチ!

197:東京の名無しさん
ふぁ!?

198:東京の名無しさん
はっ?

199:東京の名無しさん
今、島田がやったよな

200:東京の名無しさん
てかなんやそのでかい鎌は
禍々しいやん

201:東京の名無しさん
思いっきりデスサイスやんw
なんでヒーラーがデスサイスなんて持ってるんだよw

202:東京の名無しさん
【朗報】男島田、戦うヒーラーだった

203:東京の名無しさん
島田強えええええええ

204:東京の名無しさん
てかヤバくね?
狂ってんじゃん

205:東京の名無しさん
顔こわw
あんなに優しい顔だったのに殺人者になってんぞ
変わりすぎやろ

206:東京の名無しさん
腹かかえて笑ったww
島田ヒャッハーしてるやん

207:東京の名無しさん
やっぱり優しそうな細目はなにか隠してるんだな

208:東京の名無しさん
別人やんw
確かにこれは解雇されるわ
だってホラーなんだもん

209:東京の名無しさん
頭おかしなってるやん……

210:東京の名無しさん
一人で残り全部ぶっ〇してるやん

211:東京の名無しさん
シロー達ドン引きしてぞ……

212:東京の名無しさん
ワイもドン引きしてるけど……

213:東京の名無しさん
返り血がいい画になってますねw

214:東京の名無しさん
今日のサムネはこれで決まりやなw

215:東京の名無しさん
土下座w

216:東京の名無しさん
正気に戻ったw

217:東京の名無しさん
終わった

218:東京の名無しさん
やっぱサムネこれかw
投稿者わかってるやんw

２１９：東京の名無しさん
こえええええ
マジホラーやん

２２０：東京の名無しさん
島田やばすぎやろ
あれリアルでやばいんとちゃうん？

２２１：東京の名無しさん
ちょっと気になって島田の過去動画見てきたけど
あいつこんなんばっかだったわ
しかも味方の腕斬り飛ばしてたし

２２２：東京の名無しさん
＞＞２２１
ま？

２２３：東京の名無しさん
なんで解雇されたかわかったわ
いくら優秀でも人間として終わってたらそりゃあパーティーなんて組みたくないわな

２２４：東京の名無しさん
折角使えるヒーラーだったのにな
次回からは島田はいないだろう

２２５：東京の名無しさん
ダンジョン病ってこえぇな
冒険者にならなくてよかった

２２６：東京の名無しさん
冒険者は程度は違うけどみんなダンジョン病になってるからな
シローと灯里ちゃんもダンジョン病になる可能性があるかもしれん

２２７：東京の名無しさん
ワイの灯里ちゃんが殺人鬼になったらどうしよう……

第三章　仲間

GW三日目の月曜日。

俺《おれ》と灯里《あかり》は準備をして、朝から東京タワーを訪れる。平日よりは人が多いけど、土日よりは人の数も落ち着いている。ライブビューイングや屋台などはまだあるが、特別なイベントは次の土曜日までないらしい。恐《おそ》らく次の土日がピークとなるだろう。

人混みをかき分けギルドに入り、五十嵐《いがらし》さんと島田《しまだ》さんと落ち合う。ギルド内にあるショップで少し買い物をした後、大広間に行き準備をしてから、自動ドアを潜《くぐ》り抜け、俺達は三日間連続でダンジョンの地に足を踏み入れた。

「今日の目標は六層に到達することにしよう。午前中は五層で肩慣らししつつ階段を見つけて、午後からは六層を探索する。それでいいか？」

「はい！」

「問題ありません」

「はい……大丈夫です」

元気に返事をする灯里に通常運転の五十嵐さん。だけど島田さんはなんだか元気がなかった。

やっぱり昨日のことを引きずっているのだろうか。まあ、すぐにダンジョン病を克服するのは無理だろう。だけど、少しずつでいいから頑張ってほしい。

一日の方針を話し終えた俺達は、五層の探索を開始する。

「ゴブリン3、ワイルドホース2！　プロバケイション！」

「ソニック、プロテクション」

いきなり五体のモンスターと遭遇する。すぐさま五十嵐さんが挑発《プロバケイション》を、島田さんが加速《ソニック》と防護《プロテクション》のスキルを発動。灯里が矢による先制攻撃を仕掛け、俺はゴブリンに向かって駆け出した。

二体のワイルドホースは五十嵐さんへ、矢の攻撃を受けたゴブリンは灯里に向かい、残り二体のゴブリンは俺に突っ込んでくる。

「「ゲヒャヒャ!!」」

「はあ!!」

ゴブリンのパンチをバックラーで受け止め、剣を振るいもう一体のゴブリンの右手を斬り飛ばす。鮮血と悲鳴が舞い、苦しむゴブリンは怒号を上げながらタックルしてくるが、横にステップしつつ足を引っ掛けて転ばせた。

負傷しているゴブリンはゴロゴロと地面を転がり、もう一体のゴブリンがジャンプしながら跳びかかってきたので、タイミングを合わせて胸の中心に刺突を繰り出す。急所に入り、ゴブリンは一撃でポリゴンとなって消滅した。

のたうち回っているゴブリンにトドメを刺し、五十嵐さんの方を確認する。一体のワイルドホースは灯里に屠《ほふ》られており、残りは一体。

「島田さん！」

「……はい」

後ろにいる島田さんを呼ぶと、彼は緊張した顔で【収納】スキルの異空間から武器のデスサイスを取り出し、颯爽《さっそう》と地を駆ける。

疾《はや》い……とても後方支援のヒーラーとは思えない速度でワイルドホースに接近すると、ブゥンとデスサイスを大きく振った。死鎌の切れ味は抜群で、一撃でワイルドホースの首を半分まで分断した。クルクルと回し、トドメを刺す。

「ふぅ……ふぅ……」

「大丈夫ですか、島田さん」

「はい……大丈夫です」

様子を窺《うかが》うと、島田さんは荒い息を繰り返しながら答える。今のところ、ダンジョン病による暴走は起こらなそうだ。

「すみません……僕のために、わざわざモンスターを残してもらって」

「そんな、気にしなくていいですよ。協力しますからゆっくりいきましょう」

今の戦いで、俺達は島田さんのために一体だけモンスターを残しておいた。それは彼にモンスターを倒してもらうためであり、ダンジョン病のリハビリのためだ。

俺の予想だと、島田さんはモンスターを斬るのを我慢して自分を抑圧している時に、一度に多くのモンスターを斬ることで一気に爆発《ばくはつ》し暴走してしまうんだと思う。だから少しずつでもいいからストレスを発散させつつ、暴走を自分で抑える努力をしてもらう。

その方法が上手《うま》くいくとは限らないけど、このまま放置して取り返しのつかない状態になるよりはマシだろう。

「そうですよ、何かあったら私達が止めますから！」

「頑張りましょう」

「皆さん……ありがとうございます！」

灯里と五十嵐さんに声をかけてもらい、島田さんの顔色も良くなる。

それからは今のような戦闘を繰り返し、小休憩を取ったりしてまた探索を始める。それを繰り返していると、俺達は六層への階段を見つけた。

「よし、それじゃあ六層に――」

――ぐうううう。

みんなの視線が灯里に向けられる。音を出した張本人は、お腹《なか》を隠すようにして顔を真《ま》っ赤《か》に染めていた。灯里のお腹は正直者だなぁ。

「うぅ、そんな目で見ないでください！」

「いい時間だし、昼休憩を取ってから六層に行こうか」

涙目になっている灯里に提案し、俺達は結界石を発動してからレジャーシートを広げ昼食を取る。

四人でダンジョンのことを話したり、経験豊富な五十嵐さんや島田さんの話を聞いたりしながら、灯里が作ってくれたおにぎりを頬張《ほおば》った。

島田さんはまだ十層の階層主を倒していないらしい。俺達とクリアできたらいいなと、にこやかに言っていた。

（階層主か……）

十階層の階層主はオーガだ。俺も動画配信サイトで何度も見ている。奴《やつ》に殺された冒険者は沢山《たくさん》いて、正直今の俺では勝てる気がしない。でもいずれは、戦って勝たなくてはならない相手。

いや、いずれじゃない。俺の目標では、週末の土日でいきたい。

もう少し余裕を持ってもいいんだけど、島田さんという強いヒーラーがいればいける気がする。灯里の両親と俺の妹の夕菜《ゆうな》を救い出すためにも、できるだけ早く攻略したいしな。

「そういえばさっきレベルが上がったみたいだから確認してもいいですか？」

「あっ、私も上がってたんだ」

「いいですよ」

「ステータスオープン」

許斐《このみ》　士郎《しろう》　コノミ　シロウ　26歳　男

レベル：14

職業：魔法剣士

SP：50

HP：300／310　MP：200／240

攻撃力：300

耐久力：255

敏　捷：250

知　力：240

精神力：290

幸　運：235

スキル：【体力増加1】【物理耐性2】【炎魔術3】【剣術3】【回避1】【気配探知1】【収納】【魔法剣1】

称号　【キングスレイヤー】

使用可能なＳＰ　50
取得可能スキル　消費ＳＰ
【筋力増加１】　10
【体力増加２】　20
【気配探知２】　20
【回避２】　20

う～ん……収納も取得したことだし、ＳＰ《スキルポイント》を貯めておかなくてもいいか。

俺はＳＰ50を使用して、新たに【筋力増加１】【気配探知２】【回避２】を取得した。これでＳＰが０になってしまったけど、六層以降も戦うとなるなら必要な出費だ。

よし、スキルも取ったことだし行きますか。

片付けをして荷物を収納にぶち込んだ後、俺達は階段を上り六層へ向かったのだった。

「アイアンホーク1、スカイバード2、フォーモンキー1、ホーンシープ1！　灯里さんはアイアンホークを優先的に狙《ねら》ってください！」

「分かりました！」

六層から追加されるアイアンホークは鉄の鎧《よろい》に覆《おお》われた鷹《たか》だ。こいつは防御力も高い上に、鉄の羽根を飛ばしてくる。羽根は鋭く、当たれば肉が裂けてしまう。

ホーンシープは二本の角が生えた羊だ。こいつの角もホーンラビット同様凄《すさ》まじい貫通力がある。五十嵐さんの大盾《おおたて》なら大丈夫だけど、俺のバックラーでは防ぎきれないかもしれない。

「硬い！」

「ホー！」

「あっぶな！」

灯里が通常攻撃やフレイムアローを放つが、アイアンホークはまるで怯《ひる》まない。そして上空から鉄の羽根を飛ばしてくる。慌《あわ》てて回避するも、今度は横から石が投げられてくる。バックラーで防御するが、次から次へと投げてくる。

うざったらしい攻撃をしてくるのはフォーモンキーだ。下の手で石を拾い、上の手で石を投げてくる。命中率は低いけど、とにかくウザかった。おいお前、今までそんな面倒臭い攻撃してこなかっただろ！

「パワーアロー！」

「ホギャッ」

弓術士専用のアーツが直撃し、やっとアイアンホークが倒れる。上から攻撃される心配がなくなった俺は、バックラーを掲げながらしつこく石を投げてくるフォーモンキーに突っ込んだ。肉薄し、斬撃を繰り出す。奴の手足は細いため、オークやワイルドホースと比べて容易《たやす》く刃が通るため、二撃で殺した。

「きゃ！」

「灯里⁉」

上空のスカイバードに意識を囚《とら》われていた灯里が、近くに潜んでいたウルフのタックルを喰《く》らって倒れてしまう。助けに向かおうとすると、ホーンシープの相手をしている五十嵐さんが「オークです！」と叫んでくる。

嫌な予感がして目だけで周囲を把握すると、いつの間にか現れていたオークが拳《こぶし》を振るってきた。横に飛んでギリギリ躱《かわ》したが、これじゃあ灯里を助けにいけない。手間取っている間に、ウルフが顎《あご》を大きく開けて灯里に迫っていた。

「はっ！」

「キャン⁉」

ウルフの牙《きば》が灯里の足に噛《か》みつこうとした瞬間、デスサイズが胴体を一刀両断する。

ウルフを倒したのは島田さんだった。灯里は彼に「ありがとうございます！」とお礼を言った後、急いで弓を拾って残るスカイバードを屠っていく。

「フレイムソード」

俺も炎剣でオークを倒し、五十嵐さんの下《もと》に駆け寄ってホーンシープに強襲する。奴は五十嵐さんの挑発スキルにかかっているので、簡単に不意打ちを与えられた。身体《からだ》を斬られた角羊は怒号を上げて俺に突進してくる。

「受けてはダメです！」

「分かってる！」

ホーンシープの突進を大きく横に飛ぶことで回避し、急ブレーキをかけるその背中に豪炎を撃ち放つ。

「ギガフレイム！」

「メエエエエエエエ!!」

豪炎に襲われ、毛が燃え盛りホーンシープは悲鳴を上げる。数秒のたうち回ると、ポリゴンとなって消滅した。それと灯里もスカイバードを倒したみたいだ。俺は急いで灯里の下に向かう。

「灯里、大丈夫か!?」

「うん、平気だよ。島田さんにヒールをかけてもらったからなんともないし」

「それなら良かった。ナイス援護ですね、島田さん」

「いや〜仲間のピンチを黙って見ていられないですから」

ぽりぽりと照れ臭そうに後頭部をかく島田さん。やっぱりこの人は優しい人だ。ダンジョン病なんかに負けちゃダメな人だと、そう思った。

「お二人はお怪我《けが》は大丈夫ですか？　エリアヒールかけときます？」

「いえ、私は大丈夫です」

「俺も大丈夫です、ちょっと石が当たったくらいですから。それよりもアイアンホークって結構厄介《やっかい》だな。硬いし上から攻撃してくるしで、他《ほか》のモンスターと戦ってる時にやられると凄《すご》い邪魔になるよ」

「そうですね、遠距離攻撃ができる魔術師や弓術士などがいないと倒すのは厳しいかもしれません。幸い私達には灯里さんがいますから問題ありませんが」

「うん、上は私に任せておいて！　次はもっと早く倒すから！」

「僕も皆さんをサポートさせていただきます」

うわっ……なんか凄いパーティーって感じがするな。お互い支え合ってモンスターを攻略する。ダンジョンライブで見ていて、羨《うらや》ましいなーと思っていたことを自分達でやれているなんて感動してしまう。これぞ冒険者って感じだよな。

「そろそろ帰ることを念頭に置いて、自動ドアを探しながら探索しましょう」

五十嵐さんの提案に、俺達は素直に返事をする。

それから六層を探索し、アイアンホークやホーンシープとの戦いにも慣れた頃《ころ》、俺達はモンスターの集団と戦っていた。いや、集団ではないか。倒しても倒しても、どんどん湧《わ》き出《で》てくるのだ。

連戦に次ぐ連戦に、次第に体力と思考力が奪われていく。

「はぁ……はぁ……」

「ヒール！」

「ありがとうございます！」

怪我を負ってもすぐに島田さんが回復してくれる。だけどヒールでは、怪我と体力は回復しても精神的疲労は回復できない。くそ、いったいいつになったら終わるんだよ！

「ウオオオオオ」

「でか⁉」

「ダブルジラフです、気をつけてください！」

新たに現れたモンスターのダブルジラフは、長い首と顔が二つあるキリンだ。奴は俺に近づくと、二本の首を横にブン！と振るってくる。初めて見た攻撃に反応できず打撃を喰らってしまい、衝撃によって吹っ飛ばされた。

「ごほっ、くっ……」

「士郎さん！」

「ヒール！」

どこかにひびが入っている骨を、島田さんに治してもらう。すぐに立ち上がって落ちている剣を拾うも、どう攻めたらいいのか分からない。

首の間合いに入ればまた吹っ飛ばされるし、近付けたとしても長い脚による蹴《け》り飛ばしがやってくる。あんな脚力で身体を打たれたら、今度はひびどころじゃすまないだろう。

迷っている間にまたモンスターが現れて、五十嵐さんや灯里に襲いかかっている。いくら五十嵐さんでも、あんなに多くのモンスターに攻撃されたら持つか分からない。

どうする……このままじゃ全滅だ。

「ヒひヒ」

最悪な結末が脳裏を過《よぎ》ったその時、不気味な嗤《わら》い声が鼓膜を揺らす。嫌な予感がして振り向くと、デスサイスを手にした島田さんがゴブリンを血祭に上げていた。

（島田さん……またっ⁉）

ヤバい……灯里を助けるために多くのモンスターを殺したことでスイッチが入ってしまったみたいだ。

暴走を始める彼は、近くにいるモンスターに手当たり次第襲いかかっている。モンスターを倒しながら、徐々に俺に近づいてきた。

そして、横から俺を襲おうとしているウルフを屠ると、その凶刃が降りかかってきた。咄嗟《とっさ》に剣で受け止めると、鍔迫《つばぜ》り合いの状態になる。もしかしたら今の彼には俺のこともモンスターに見えているのかもしれない。

「ハハハハ！」

「目を覚ましてください！　島田さん！」

「ヒヒッ！」

「ダンジョン病なんかに負けるな！　自分を取り戻せ！」

目の前で必死に語りかけても、俺の言葉は届かない。こうなったら仕方ない……すみません島田さん！

「おお！」

「っ!?」

鍔迫り合いから距離を取り、ガキンガキンと刃を交わせた後、俺は彼の懐《ふところ》に入り、思いっきり顔面を殴り飛ばした。

地面を転がる島田さんは、頭を振って自我を取り戻すと、震える両手を見つめて顔を真《ま》っ青《さお》に染める。

「ぼ……僕はまた……」

「島田さん、立って！」

「許斐さん……ごめん、僕は君を襲って――」

突っ込んでくるダブルジラフにギガフレイムを放って牽制《けんせい》し、剣を構えながら背後にいる島田さんに告げた。

「構いません！　島田さんが暴走したら俺が止めます！　何度だって止めてみせます！　だから自分に負けないでください！」

「……許斐さん」

「一緒にダンジョンを潜りましょう！　好きなんですよね、ダンジョンが‼」

「フレイムアロー！」

「プロバケイション！」

背後から火矢が飛んできてダブルジラフの首に刺さり、俺の前に出た五十嵐さんが挑発スキルを発動させる。灯里と五十嵐さんが駆けつけてくれたってことは、他のモンスターは倒したってことか。

ってことは、残るはこのダブルジラフだけ。

「オオオオオオ！」

「キッツ‼　良いですよその攻撃、今日一です‼」

ダブルジラフが振り回してきた頭突きを、五十嵐さんが大盾で受け止める。その声には艶《つや》があり、顔は見えないけど多分喜んでいるのが分かった。灯里も横からフレイムアローを連射している。

「一緒に戦いましょう。俺達には島田さんの力が必要だ」

俺は後ろを振り向き、身体を震わせている島田さんに告げた。

「ソニック、プロテクション、エリアヒール」

その瞬間、俺達にバフスキルと回復魔術がかけられる。ゆっくり立ち上がった島田さんは、強気な笑顔を浮かべて口を開いた。

「支援は任せてください。僕が絶対に誰《だれ》も死なせません！」

「お願いします！」

頼もしい言葉を聞けた俺は、指示をしながら地面を蹴り上げた。

「五十嵐さん、もう一度頭突きが来ても防げますか！」

「余裕です！」

「灯里、あいつの顔を狙えるか！」

「いけるよ！」

「次に奴が攻撃をしかけた時にいくぞ！」

「ウオオオオオ！」

ダブルジラフがまた首を振って頭突きをしてくる。五十嵐さんが受け止めた瞬間、俺は奴の首に乗り上がった。フレイムソードで首に突き刺すが、貫通しきれない。しかも抜けなくなってしまった。俺は首に右手をつけ、呪文《じゅもん》を唱えた。

「ギガフレイム！」

「ッグオオオ⁉」

ゼロ距離で豪炎を喰らい、一つの首が吹っ飛ぶ。だけど俺は振り飛ばされてしまい、背中から地面に叩《たた》きつけられた。

痛い！　これ絶対骨折れてるだろ！

息ができなくなって呼吸困難に陥《おちい》っていると、激怒したダブルジラフの顔が降ってきた。

あ……やばい。

「士郎さん！」

「許斐さん！」

シャラン――と、ダブルジラフの頭が俺に到達する前にその首が断ち切られた。無数のポリゴンが俺の身体を包みながら消滅していく。

助けてくれた島田さんに、俺はお礼を言う。

「ありがとう……ございます。ギリギリ助かりました」

「いえ、間にあってよかったです。ハイヒール」

「おお……全然苦しくない」

島田さんが上位の回復魔術をかけてくれたことで、背中の痛みも消え呼吸も楽になる。凄いな……こんな大怪我まで一瞬で治せてしまえるのか……。

回復魔術の能力に驚いていると、突然灯里に抱き付かれた。

「士郎さん、大丈夫ですか⁉」

「ああ、大丈夫だよ」

「もう、なんであんな無茶したんですか⁉」

怒った顔で叱ってくる灯里に「ごめんごめん」と謝りながら、俺は島田さんを見上げて、

「何かあっても島田さんが回復してくれるからって思ったから、多分あんなこともできたんだと思う」

「そういえば、今は大丈夫ですか」

五十嵐さんが島田さんに問いかける。ダブルジラフを斬ったことで、症状が出ているかもしれないからな。

俺達が心配していると、彼は後頭部をかきながら、

「ちょっと興奮してますけど、多分これはダンジョン病とは関係ないと思います。許斐さんを助けようと思って無我夢中で、楽しいとか思う暇もなかったから……かな？」

彼の言葉を聞いて、俺達は顔を綻《ほころ》ばせる。

すると、経験豊富な五十嵐さんが最後にこう告げた。

「それが、仲間《パーティー》というものですよ」

◇◆◇

「いやー今日は楽しかったです」

「島田さん、よければ正式に俺達のパーティーに入ってくれませんか」

「えっ僕なんかでいいんですか……？」

「はい。俺達には島田さんが必要なんです」

「ありがとうございます！　よろしくお願いします！」

ダンジョン六層でダブルジラフを倒した後、俺達は自動ドアに入り現実世界に帰ってきた。魔石を換金したり装備を預けたりした後、ギルドの中にあるカフェで休憩する。話の途中で島田さんを勧誘すると、彼は快く引き受けてくれた。

彼のダンジョン病は治っていない。また暴走してしまうこともあるだろう。

だけど今の彼なら、仲間を傷つけたりはしないと思った。ダンジョン病もこれから少しずつ改善していけばいい。

島田さんをパーティーに入れられたのは、戦力的にも大助かりだ。貴重なヒーラーな上、自衛もできるなんて優良物件過ぎる。これで、俺達のパーティーはだいぶ強化された。十層だって越えられる。

連絡先を交換し、明日も一緒に探索することを約束してから解散となった。島田さんと別れ、俺と灯里、それと五十嵐さんの三人はギルドを後にする。

今日は約束していた、五十嵐さんが灯里に料理を教えてもらう日だった。

帰る途中に近くのスーパーで食材を買い、俺のアパートに帰宅する。それからすぐに、二人は料理に取り掛かった。

「できない人は目分量とか勘でやっちゃダメです。そういうのは慣れてからじゃないと失敗しますから。ネットとかに書かれている量はできるだけ正確に行うことがポイントなんです」

「なるほど……分かりました」

どうやら灯里はちゃんと五十嵐さんに料理を教えているみたいだな。

それにしても、五十嵐さんのエプロン姿を初めて見たけど、あんまり様になってないな。普段はスーツだからギャップを感じてしまう。まあ見慣れないってだけで、彼女は美人だから何を着ても綺麗《きれい》なのに変わりないけど。

それを言ったら、やっぱり灯里のエプロン姿は似合っていて、凄く可愛《かわい》い。

あんなお嫁さんがいたらな～と妄想してしまったけど、すぐに首を振って邪念を振り払う。

女子高生の灯里に何を思っているんだ俺は……しっかりしろ二十六歳。

因《ちな》みに、俺も何か手伝おうかと言ったら二人に邪魔だから大人しくしていてと怒られてしまった。

手持ち無沙汰だったので、スマホでダンジョンライブを視聴する。俺は結構雑食だけど、いつも見ている特定の冒険者パーティーもいる。

その一つは日本で一番強く、最高階層に到達しているトップパーティーのアルバトロスだ。

ダンジョンが一般人に開放された時からずっとトップでいて、全員がレベル70以上の上級冒険者。

正直言うと、ダンジョンにいる彼等《かれら》はもう人間をやめている。動きとかめちゃくちゃ速いし、攻撃とかはもう漫画のようだ。彼等の動画は見応《みごた》えがあり、新しいモンスターや階層をいち早く見られるから視聴していて楽しい。

GWの締め日でもある日曜日に階層主に挑むらしいから、それも楽しみだ。

もう一人のお気に入り冒険者は、神木刹那《かみきせつな》というソロの冒険者だ。

刹那は謎《なぞ》多き人物で、家族や知り合いが誰もおらず、素顔を知る者は誰一人としていない。それに加え、男性か女性かすら分かっていないのだ。イケメンの男性にも見えるし、美しい女性にも見える。とにかく顔が良いことだけは分かる。

刹那は二刀流の剣士で、唯一ソロで四十階層をクリアしている冒険者。日本で一番強い冒険者は誰だと聞かれたら、真っ先に刹那の名が挙がるだろう。世界でも十本の指に入ると言われている。

ミステリアスで強くて顔もいい刹那は、日本だけではなく世界中にファンがいる。勿論《もちろん》俺もファンの一人だ。できることなら刹那のサインが欲しい。

だが残念なことに、お気に入りのアルバトロスと刹那は現在ダンジョンに潜っていなかった。なので動画配信サイトの閲覧急上昇の中から、面白《おもしろ》そうな冒険者の生配信を見る。

（は〜勉強になるな〜）

今視聴している冒険者パーティーは大体俺達と同じ構成だ。四人パーティーで職業もほぼ一緒。違いは弓術士ではなく魔術師なだけだ。

彼等の立ち回りは洗練されていて淀みがない。次々と襲いかかってくるモンスターを楽に倒している。

勿論個々のレベルが高いんだろうけど、見ていて思うのは連携がしっかりしていることかな。コンビネーションがいいからお互いの邪魔を一切《いっさい》していない。息が合っているというか、歯車が噛み合《あ》っているというか……とにかく凄かった。

いつか俺達も彼等のようなパーティーになれるのだろうか。

「士郎さん、できましたよ！」

ダンジョンライブに夢中になっていると、料理が完成したのか灯里が声をかけてくる。

テーブルの上にはご飯にハンバーグにポテトサラダにお味噌汁。どれも美味《おい》しそうで、急にお腹が空いてきた。

「これ、五十嵐さんが作ったんですか？」

「ええ、まあ。全部灯里さんに教えてもらってですけど」

「何言ってるんですか、楓《かえで》さんが頑張ったんですよ」

五十嵐さんの手を見ると、指に絆創膏《ばんそうこう》が貼《は》ってある。大丈夫かと心配したけど、本当にちょっと切っただけのようだ。

包丁も苦手って……意外にぶきっちょなのかな。

「さっそく食べようか」

そう言うと、三人でテーブルを囲む。

いただきますと言ってから、まずはハンバーグに手をつけた。

「うん、美味《うま》いよ五十嵐さん！」

「そ、そうですか？　ちょっと焦《こ》がしてしまったんですけど……」

「平気平気、全然気にならないよ」

そう告げると、五十嵐さんは安心したようにほっと息をつく。

その他のポテトサラダや味噌汁なんかにも手をつけて、あっという間に完食してしまった。

「ごちそうさま、美味しかったよ」

「ありがとうございます……なんだかそう言っていただけると、嬉《うれ》しいですね」

「士郎さんはいつも言葉にしてくれるから、作りがいがあるんだよねー」

「だって、本当に灯里の料理は美味しいんだよ」

「えへへ」

本当のことを告げると、灯里はにへらと破顔する。

俺達のやり取りを見て、五十嵐さんは「私も頑張ります」と意気込んだ。

「そうだ楓さん、今日泊まってってよ！　ねえ士郎さん、いいでしょ？」

「五十嵐さんがいいなら、俺は構わないけど……」

「いえ、明日も早いので今日は帰らせていただきます」

「ええ～そんな～」

残念がる灯里に「また今度お願いします」という五十嵐さん。こうして見ると二人って、なんだか姉妹みたいだった。

それから食器を洗ってくれて、五十嵐さんは帰ることに。俺は近くまで彼女を送っていくことにした。

二人で夜道を歩いていると、不意に五十嵐さんが問いかけてくる。

「許斐さん……」

「どうした？」

「今日、島田さんが暴走した時、身体を張って止めましたよね。恐くはなかったんですか？」

「恐い？　う～ん、別に恐くはなかったよ。島田さんも好きであぁなっているわけじゃないからね。根気よく呼びかければ、きっと元に戻ると信じていたし」

そう言うと、五十嵐さんは顔を俯《うつむ》かせ黙ってしまう。

暗い雰囲気になってしまって、それをどうにかしようと言葉を探すのだけど、今までそういう経験がないため何を言えばいいか分からず口を開けない。

すると突然彼女は立ち止まり、こう言ってきた。

「許斐さん……もし私が暴走してしまったら……遠慮せず私を殺してください」

突然そう告げた五十嵐さんの顔は、なんだか泣いているように見えたのだった。

◇◆◇

「ただいま」

「おかえり～でござる」

帰宅すると、妻の紗季《さき》が玄関で出迎えてくれる。

紗季は元々コスプレイヤーで、今は同人作家をしている。ダンジョンで防具の上に着ている神官服も、彼女が手作りしてくれたものだ。僕がゲームやアニメにハマったのも、彼女の影響が大きい。

紗季はちょっと変わっているところがあって、喋《しゃべ》り方も少し変だ。だけどそれは、彼女の個性でもある。

友人とか周りの人からは「お前の奥さん変わってるよな」ってよく言われるけど、紗季は優しくて面白いし、一緒にいて楽しい女性で、僕の自慢の妻なんだ。

「今日はどうでござったか？」

「……」

紗季の質問に、僕は即答することができなかった。

彼女は僕が冒険者なことも勿論知っているし、ダンジョン病にかかっていることも知っている。

昨日ダンジョンで戦闘している時に、僕はまたやらかしてしまった。モンスターを斬っているうちに、興奮して我を忘れてしまったんだ。

これまでも同じ過ちを犯してしまい、僕は何度もパーティーを解雇されてしまっていた。だから今回も解雇されるだろうと不安を抱いていたんだけど、許斐さん達は僕を受け入れてくれた。

本当に有難《ありがた》いことだけど、彼等にまた迷惑をかけてしまうんじゃないか。僕からパーティーを抜けた方がいいんじゃないかと、迷っていたんだ。

そんな思いを昨日の夜に吐露したら、紗季は僕にこう言ってくれたんだ。

「たっちゃんがダンジョン病だと知って尚《なお》、パーティーの人達がたっちゃんにいてほしいと言ってくれたのでござるよな？　なら遠慮なんてしないでたっちゃんも全力で応《こた》えるべきだと拙者は思いますぞ。それで失敗したとしても、その時はその時でござるよ。な〜に、別に死ぬ訳じゃないんだから、もっと気楽に楽しめばいいでござるよ」

と、いつもと変わらない感じで励ましてくれたんだ。その言葉に救われて、僕は今日もダンジョンに行くことができた。

黙っている僕に、紗季はもう一度聞いてくる。

「ダメだったでござるか？」

その問いに、僕は「ううん、そんなことないよ」と言って、

「楽しかったよ。凄く楽しかった」

「そうだと思ったでござる。実は拙者、たっちゃんのダンジョンライブを見ていたでござるよ」

「えっそうなの⁉　うわぁ～、なんか恥ずかしいな」

「全然そんなことないでござるよ。かっこ良かったでござる。さっ、ご飯にするでござる。今日は腕によりをかけたでござるよ」

紗季に腕を引かれ、リビングに入る。すると、食卓の上には豪勢な料理があった。紗季は料理も凄く得意なんだ。

「わ～、こんなに沢山作ってくれたんだ」

「きっと疲れているだろうと思って、頑張ってみたでござるよ」

嬉しいなぁ。彼女は本当に、僕なんかにはもったいないぐらい良い奥さんだよ。

外着から家着に着替えて、僕と紗季は食卓に着く。缶ビールをプシュッと開けて、二人で乾杯した。

「「乾杯」」

こつんと当ててから、ゴクゴクと呷《あお》って飲んでいく。

か～！　やっぱりダンジョンの後のビールは格別だなぁ！　紗季の美味しい料理を口に運びながら、ビールも進んでいく。

「うん、美味しいよ」

「そう言っていただけると、拙者も作った甲斐《かい》があったでござる。ところでたっちゃん、今のパーティーはどうでござるか？」

唐突な質問に、僕は新たな仲間達の顔を思い浮かべながら答えていく。

「とても良い人達だよ。ダンジョン病を知っているのにもかかわらずパーティーに入れてくれたり、わざわざ僕のダンジョン病を治そうとモンスターを残したりしてくれるんだ。今日だって、大量のモンスターと戦った時、僕はまた暴走して許斐さんに斬りかかってしまった……。それでも彼は、僕に一緒にダンジョンに行こうと言ってくれたんだ」

我を忘れて許斐さんに斬りかかった時は、もう終わりだと絶望した。けれど彼は、自分に負けるなって強い言葉をかけてくれた。そうしたら、なんだか心がすっと軽くなったんだ。

僕は紗季を見つめながら、こう告げる。

「彼等となら、やっていけると思うよ」

「それを聞けて、安心したでござるよ」

「紗季……」

安堵《あんど》したように微笑《ほほえ》む紗季。彼女は僕がダンジョン病になって苦しんでいた時、ずっと支えてくれた。もう冒険者を辞めようと思った時、ジョブを剣士から回復職に変えてみたらと助言してくれたのも紗季だ。回復職なら、モンスターと戦う頻度も少なくなるからって。その言葉のお蔭で、僕は冒険者を辞めずに続けられている。

本当に、紗季には助けてもらっているな。

「いつもありがとね、紗季」

「ふっ、それは言わない約束でござるよ」

◇◆◇

「今日も賑《にぎ》わってるな～」

「何言ってるの士郎さん。イベントなんだから当たり前でしょ」

「なんかイベントってわくわくしちゃうよね。皆が楽しそうだから、僕達も気分が上がっちゃうというかさ」

「島田さんの気持ちも分かりますが、やはりこうも人が多いと参ってしまいますね」

ＧＷ四日目の火曜日。

俺達はダンジョン探索を午前中で切り上げ、午後は気分転換がてらにギルドで行われているイベントにやってきていた。

折角《せっかく》大きなイベントが開催されているんだから、毎日ダンジョンに潜ってばかりじゃ勿体《もったい》ない。そういう話をしていたら、じゃあ今日ぐらいは皆で楽しもうということになったんだ。

イベント会場は盛況で、多くの人で溢《あふ》れ返っている。ギルドの中にある飲食店『戦士の憩い』のメニューにあるようなモンスターっぽい料理を出している屋台もあったり、バーチャルゲームでダンジョンを体験しよう！　といった面白そうなアクティビティーも沢山ある。島田さんが言った通り、大人も子供も皆凄く楽しそうで、まさにお祭り気分って感じだった。

「さて、どこから見ましょうか？」

「最初の方から見てみようよ。それで気になったところがあったら見てみればいいんじゃない？」

五十嵐さんが俺達に質問すると、灯里が自分の意見を告げる。

そうだなぁ、時間もまだまだあるし、ゆっくりと全部見て回ってもいいかもしれない。ギルドで行われているお店やアクティビティーは、一日ごとに変わるっぽいしな。流石《さすが》に全部が全部という訳ではないけどね。

俺と灯里は初日に少し見て回ったが、今日はまた違うお店が出ていると思うし、最初から見ても十分楽しめるだろう。

「じゃあ、最初から全部見て回ろうか」

「はい」

灯里の意見に皆が賛成し、俺達はイベント会場を見学しながら歩いていく。

いや〜、本当に色んなお店があって目移りしちゃうな。キョロキョロと視線を彷徨《さまよ》わせていたら、灯里が何かを見つけたようで、俺に尋ねてくる。

「スライム的当てだって、士郎さんやってみようよ！」

「的当てか〜」

無邪気な笑顔を浮かべる灯里が一緒にやろうと言ってきたのは、普通の祭りにもある的当てだった。ただ、普通の的当てではなく、ボールがダンジョンのスライムを模した形でぷにょぷにょしている。そのスライムボールを、ゴブリンを可愛らしくデフォルメした大きい的に当てる仕様みたいだ。

球技系は全く得意じゃなくて自信はないのだが、折角灯里がやろうと言ってくれたんだから、いっちょやってみますか。

「よし、やるか！　五十嵐さんと島田さんはどうしますか？」

「私は遠慮しておきます」

「僕もやめておくよ」

五十嵐さんと島田さんにも聞いてみたが、乗り気ではないようだった。まぁ二人とも、こういうのはやらなさそうだしな。

「じゃあちょっとやってきますね」

「はい、私達はここで見てますから」

「頑張って倒してきてね」

「行こ、士郎さん」

灯里に手を引かれ、的当ての列に並ぶ。挑戦している人達を見学して灯里と作戦を練っていたりしていると、あっという間に次が自分たちの順番になっていた。俺達の前に並んでいた学生ぐらいのカップルが挑戦するが、惜しくも失敗してしまう。

「残〜念！　あともうちょっとでしたね！」

「くっそ〜、最後の一球さえ当たっていれば！」

「でも楽しかったね〜」

「また挑戦してくださいね〜！」

的を倒せず残念がるカップル。失敗はしたけど、彼等は凄く楽しそうだった。なんか青春の一ページって感じでいいよな。俺にはなかったけど……。

「では次の冒険者、こちらへどうぞ〜！」

スタッフのお姉さんに誘導され、俺と灯里は線が引かれている地面に立つ。足元にはスライムボールが沢山入っている籠《かご》があった。

「おや、またもやカップルの冒険者ですね！」

カップルじゃないんだけど、わざわざ違いますと言うのも野暮《やぼ》だよな……。

「それではスライムアタックのルールを説明します。三十秒の間に足元にあるスライムで、的であるゴブリンを倒せばクリアです！　倒すと商品のアイテムをゲットできますので、是非頑張ってくださいね！」

スタッフの説明はダンジョン風になっていた。設定とかもダンジョンに寄せているんだな。っていうか、今聞いて知ったけどこのアクティビティーってスライムアタックっていうのか。

「士郎さん」

「うん、分かってるよ」

真剣な顔で見つめてくる灯里に、俺は静かに頷《うなず》く。順番を待っている間、俺と灯里は先にチャレンジしている人達を参考に作戦を練っていた。

その作戦というのは、的であるゴブリンの頭を集中的に狙うこと。胴体に当てても、スライムボールの柔らかさでは微動だにしていなかったので、倒すのなら頭を狙うしかない。

俺と灯里が意志を統一していると、スタッフが開始の合図を告げようとする。

「ではいきますよ～。スライムアタック、スタート！」

スタッフがスタート合図の笛を鳴らすと同時に、俺と灯里は籠に入っているスライムボールを両手に摑《つか》む。

げっ⁉　このスライムボール、マジで柔らかいじゃん。これで本当に倒せるのか？　と疑問を抱きつつもゴブリンに向かって投げるも、全然当たらない。

なんだこれ、倒すどころか当てるのも難しいぞ！

「彼女さんその調子ですよ！　彼氏さんはもう少し頑張ってください！」

苦戦していると、スタッフから応援が飛んでくる。俺は全然ダメだが、灯里が投げているスライムボールはかなり当たっているようだった。

俺も頑張らなきゃ、と気合を入れ直して集中する。すると、徐々にゴブリンに当たってきた。

「いいぞいいいいぞ、二人とも頑張れ！　あと十秒だ！」

残り秒数を聞いた俺達は、焦《あせ》るどころかさらに集中力が増し、スライムボールをゴブリンの頭に当てていく。ゴブリンの身体が後ろに傾いたところを、俺と灯里が最後の一球を同時に当てると、ゴブリンはコテンと後ろに倒れた。

「おめでと〜ございます！　見事ゴブリンを倒しました！」

「やったね士郎さん！」

「ああ！」

カランカランとスタッフがベルを鳴らす。俺は灯里とハイタッチを交わし、喜びを分かち合った。

「ゴブリンを倒しましたお二人には、この等身大スライムクッションを差し上げます！　どうぞお受け取りください！」

スタッフが手渡してきたスライムのクッションを灯里が受け取る。へぇ、景品はクッションだったのか。それにしても、結構品質が良さそうなクッションだな。安物ではなさそうだ。

「皆さん、お二人に盛大な拍手をお願いします！」

スタッフが周りに集まっていた見学者達にお願いすると、多くの拍手が送られてくる。スタッフの粋《いき》な計らいに、灯里はクッションを抱きながら「えへへ」とはにかんで、

「なんか恥ずかしいね」

「そうだな。とっとと退散しようか」

羞恥心に耐えきれず、俺と灯里は逃げるように移動し、待っていてくれていた五十嵐さんと島田さんと合流した。

「やりましたね。まさか本当に倒してしまうとは思いませんでした」

「おめでとう、良かったね」

「かなり難しかったですけど、なんとか最後に上手くやれた感じです」

「凄く楽しかったよ！」

最初は乗り気じゃなかったけど、やって良かったと思う。灯里が言うように、やってみたら意外と楽しかったしな。

それから俺達は、再びイベント会場をゆっくりと歩き回る。すると今度は、五十嵐さんと島

田さんの足がとあるカフェの前で止まった。

「D・Iのコラボカフェですって⁉」

「しかも本日限りだって⁉」

カフェの外に置いてある『D・Iコラボ！　本日限り実施！』という垂れ幕を目にして、目を見張る二人。へぇ〜、普通のチェーン店がコラボしてるのか。ファンにとっては嬉しいだろうな。

「私としたことが、D・Iのコラボイベントを見逃していたなんて……士郎さん、このカフェに寄ってもいいですか⁉」

「僕からも頼むよ！」

「い、いいですよ……お昼も取ってなかったし」

五十嵐さんと島田さんに食い気味にお願いされた俺は、一歩引きながら了承する。今までちゃんとしたお昼を取っていなかったし、休憩がてらにカフェで遅めの昼食を取ってもいいだろう。

それにしても、五十嵐さんだけではなく島田さんもD・Iのファンだったんだな。ちょっと意外だったから尋ねてみると、本人曰《いわ》くミオン推しのことらしい。

コラボカフェはかなりの行列ができていて、大体三十分待ちだそうだ。やっぱり人気なんだなぁ。

行列に並んで待つこと三十分。俺達はやっと店の中に入ることができた。

「おお～、かなり飾りつけされているんだな」

「いつもと全然違うね」

店内の模様に、俺と灯里が各々の感想を漏《も》らす。このチェーン店は普段は大人しめの内観なのだが、かなり派手に模様替えされていた。Ｄ・Ｉのメンバーの等身大パネルが設置されてあったり、壁や天井《てんじょう》もメンバーカラーに染まっていたり、沢山飾りつけされてあったり。

本日限定にしては凄い力を入れているなぁ……。流石は、今一番人気のアイドルグループといったところだろうか。

「素晴らしいです！」

「幸せだ～！」

Ｄ・Ｉ一色に染まった店内の模様に、五十嵐さんと島田さんが今にも泣き出してしまうんじゃないかというぐらい感激している。テンションの上がり方が凄いな。

「いらっしゃいませ～！　冒険者様は何名でしょうか？」

「あっ四名です」

ここでもダンジョン設定にしてるんだな。それだけじゃなくて、全《すべ》てのスタッフがＤ・Ｉの衣装を着ていた。金かかってるなぁ……。

「四名様ですね、ではこちらのテーブル席にどうぞ！」

笑顔のスタッフに誘導され、俺達はテーブル席に座る。俺と島田さんが隣同士で、反対側に灯里と五十嵐さんの配置だ。

普通のメニューもあるが、Ｄ・Ｉコラボ限定メニューもあるみたいだ。コラボ限定のメニュー表を目にした俺は、目がひっくり返りそうになった。

「に、二千五百円⁉」

高っか⁉　えっ、なんでこんなに高いんだ⁉

それも一品二品だけじゃなく、全体のアベレージが二千円を超えているじゃないか。中には四、五千のもある。ワンドリンクで二千円って高すぎじゃないか？

「こ、こんなにするんだ……」

コラボ限定メニュー表を見て、俺と同じような反応をする灯里。だが楓さんと島田さんは、何を当たり前のことを言っているのか、といった風な様子で説明してくる。

「Ｄ・Ｉに限らず、コラボ限定メニューは大体このぐらいの値段ですよ」

「そうそう。コラボ用にデザインされている料理も嬉しいけど、本命は料理についてくる特典なんだ。だからこれは普通なんですよ」

「へ、へぇ……」

「そうなんだぁ……」

熱弁してくる二人に、俺と灯里はたじたじだ。

でもそうか、こんなに高いのも特典がついてくるからなんだな。それを聞くと、まぁこの値段で妥当なんだろうと思えてくる。

「私はこのD・Iオムライスにします」

「うぅ、どうしよっかなぁ。D・Iカレーも捨てがたいけど、D・Iスパゲティの特典も欲しいし……でも二つ頼むほどお腹空いてないしなぁ。ファンとして残すのはあり得ないし」

即決する五十嵐さんとは別に、島田さんは二つのメニューで悩んでいるようだ。そんな彼に、俺はこう提案する。

「じゃあ俺が片方頼みますよ。特典の方は島田さんにあげますから」

「ええ⁉　そんな気を遣わなくていいよ！」

「いいんですよ。せっかくだから俺も限定メニューを頼もうかと思っていたんで」

「そうかい？　ありがとう許斐君、恩に着るよ」

頭を下げて大袈裟《おおげさ》に感謝してくる島田さん。因みに彼は俺のことを「さん」ではなく「君」で呼んでいる。それだけじゃなく、言葉遣いも畏《かしこ》まったものではなく、フランクになっていた。どうして急にそうなったかといえば、昨日の出来事によるものだった。一緒に窮地を乗り切り、俺達は本当の仲間になった。だから、他人行儀ではなく仲間のように接することにしたんだ。

流石に、たっちゃんと呼んでいいよと言われた時は丁寧にお断りしたけどね……。

「じゃあ私はＤ・Ｉハンバーグにしよっと。特典は楓さんにあげるね」

「灯里さん……ありがとうございます！」

皆決まったということで、スタッフを呼んでメニューを頼む。十五分ぐらい経《た》つと、スタッフが料理と特典を持ってきてくれた。

「お待たせいたしました～！　Ｄ・Ｉオムライス、Ｄ・Ｉカレー、Ｄ・Ｉスパゲティ、Ｄ・Ｉハンバーグになります。どうぞごゆっくりお楽しみくださいませ」

「おお～、料理も凝ってるんだな」

盛り付け方が通常のメニューと変わっていた。オシャレな感じが出ていたり、Ｄ・Ｉメンバーが描かれた飾りなんかも添えてある。コラボ限定感が出ているのが良いよな。

「ああ～、カノンのサイン入りブロマイド。どこに飾るか悩んでしまいますね」

「ミオンのコースターも可愛いなぁ」

うっとりと特典を眺める二人。俺にはちょっと分からないが、相当嬉しそうだ。

「二人とも、早く食べないと料理が冷めちゃうよ」

「「ごめんなさい……つい」」

いつまでも特典を眺めている二人に灯里が注意すると、二人は謝りながら大事そうに特典を鞄《かばん》に仕舞う。

「「いただきます」」

早速ご飯をいただき、美味しく食べ終える。長居するのも悪いので、俺達は早々にカフェを後にしたのだった。

◇◆◇

「これで一通り全部見た感じかな?」

「外はそうですね。ギルド内にもあるみたいですが、流石にそちらまでは見切れませんね」

カフェを出てからも、俺達はイベントを見て回った。午後五時頃になってやっと回り切ることができた。

「今日だけで結構歩いたよな」

「僕も今になって足がパンパンになってきたよ」

疲れた表情を浮かべながら言う島田さんと同様に、俺もかなり足にキていた。これからギルド内を観ようって言われても恐らく無理だろう。

疲労困憊《こんぱい》の俺と島田さんとは別に灯里や五十嵐さんと女性陣はそれほど疲れていないようだ。やはり歳《とし》の差なんだろうか……と少しだけ落ち込んでしまう。

情けない男性陣の顔色を窺《うかが》った五十嵐さんが、気を遣って提案してくる。

「今日はこれくらいにしておきましょうか。また明日もダンジョンに行きますし」

「そうだね、十分楽しめたし。灯里もいいか？」

「うん、大丈夫だよ」

「それじゃあ皆さん、明日もよろしくお願いします」

挨拶《あいさつ》をして、俺達は解散した。

灯里と一緒に帰宅し、シャワーを浴びる。昼ご飯は遅めに取ったから夕食はなしだ。リビングのソファーでゆっくりしていると、灯里が的当ての景品であるスライムクッションを抱きしめながら、俺の隣に座った。

「はは、そんなに気に入ったのか？」

「うん。モチモチだし、ひんやりして気持ち良いんだよ。士郎さんも触ってみてよ」

そう言われ、灯里が抱いているスライムクッションを触る。確かに、ひんやりして気持ち良いし、触り心地も抜群だ。抱き枕《まくら》にちょうどいいかもしれない。

「どう？」

「気持ち良いな」

「でしょ⁉」

それから、灯里と他愛《たわい》のない会話を繰り返す。話の内容は主に今日のイベントのことだ。

あれ凄かったね。あれ楽しかったね。あれ美味しかったね。

一つ一つ思い出しながら、灯里と笑い合う。

「また皆で、今日みたいにお出掛けとかしたいね」

「そうだな……」

今日は本当に楽しかった。

大勢でわいわいしたのはいつ以来だろうか。もう思い出すこともできない。

きっと、それだけ灯里に会うまでの俺は何もなかったのだろう。俺は灯里の顔を見ながら、こう告げる。

「また皆で一緒に行こう」

そう言うと、灯里は笑顔を浮かべて「うん！」と頷いたのだった。

く　スレッドタイトル【月曜日のたわわ　バイバイ島田】 ⋮

2：東京の名無しさん
今日は月曜日です
でも休みでーーーーーーす!!

3：東京の名無しさん
ＧＷ最高ーーーーーーー!!

4：東京の名無しさん
いいなおまえら……
ワイは普通に夜勤や……

5：東京の名無しさん
てか灯里ちゃん達来るのか？
世の中はＧＷだがシローが休みとは限らんぞ

6：東京の名無しさん
来るだろ

7：東京の名無しさん
なんならシローいらない
灯里ちゃんだけでもいい

やっぱり楓さんも欲しい

8：東京の名無しさん
灯里ちゃんのたわわなおっぱいが見れればそれでいいんじゃあああ！

9：東京の名無しさん
流石に島田はもうこねえだろ
だってあいつやべえもん

10：東京の名無しさん
あれ絶対頭イってるもんな……

11：東京の名無しさん
それを言ったら楓さんも実害ないだけで相当やべーけどな
まあ綺麗だから許すけどさ

12：東京の名無しさん
暴走してる時の楓さんってなんかエロいよね

13：東京の名無しさん
そういやD・Ｉのライブ良かったな
三人とも歌上手いしめっちゃ可愛いかった

14：東京の名無しさん
＞＞12
凄く分かります

15：東京の名無しさん
D・Ｉは現時点で日本で一番のアイドルと言っても過言ではないだろ

16：東京の名無しさん
カノンちゃん最高でした

17：東京の名無しさん
灯里ちゃんと楓さんもワンチャンアイドルいけんじゃね？

18：東京の名無しさん
早く灯里ちゃん来てくれないかなー

19：東京の名無しさん
次の楽しみは今度の日曜日のアルバトロス五十階層主攻略戦か
楽しみやな

20：東京の名無しさん
＞＞17
灯里ちゃんはいいだろうけど楓さんはアイドルって柄じゃないだろｗｗ

21：東京の名無しさん
アルバトロスはこれで四回目だろ？
あの階層主強すぎるわ……

22：東京の名無しさん
刹那も何かイベントしてくれないかな……

２３：東京の名無しさん
刹那はソロだしスポンサーもつけていないからやる必要がない

２４：東京の名無しさん
まあ刹那はいつもがイベントみたいなものだし……

２５：東京の名無しさん
きたーーーーー!!

２６：東京の名無しさん
待ってたよ灯里ちゃあああああああああああああん!!
今日も可愛いよおおおおおおおおおおおおお!!

２７：東京の名無しさん
島田ｗｗｗ

２８：東京の名無しさん
ふぁ!?
島田おるやん!?
なんでこいつおんねん!?

２９：東京の名無しさん
あれだけヤバい奴だということが分かってよく今日も一緒に来たな
流石にパーティーには入ってないよね？

３０：東京の名無しさん
【朗報】島田バイバイではなかった

３１：東京の名無しさん
他にヒーラー見つかんなかったのかな？

３２：東京の名無しさん
まあ島田はヒーラーとしては優秀だからな
自衛もできるし
ただなぁ……

３３：東京の名無しさん
また暴走したらどないすんねん
今からでも遅くはないぞシロー

３４：東京の名無しさん
バフスキルってか、やっぱりヒーラーがいるのといないのと安定感が違うよな

３５：東京の名無しさん
シローも強くなったな
ゴブリンなら余裕やん

３６：東京の名無しさん
そういやヒーラーで一番って誰なんだ？

３７：東京の名無しさん
日本では璃々ちゃん
イギリスではマリア様
アメリカだったらジョアンナさん
この辺が有名所だな

３８：東京の名無しさん
ぼくマリア様の大ファンです

３９：東京の名無しさん
璃々ちゃん可愛いよな
THE・清楚って感じで素晴らしいわ

４０：東京の名無しさん
璃々ちゃん胸は平だけど……

４１：東京の名無しさん
貧乳はステータスやろ

４２：東京の名無しさん
＞＞４１
古いｗ

４３：東京の名無しさん
おっ島田もやるのか

４４：東京の名無しさん
なんでデスサイスってチョイスをしたんやろな
武器のせいでホラー度が上がってるやん

４５：東京の名無しさん
一撃！

４６：東京の名無しさん
アタッカーの士郎よりもパワーが強いってどういう事だよｗ

４７：東京の名無しさん
レベルが高いんだろ
あとデスサイスも結構強そうだよな

４８：東京の名無しさん
もう禁断症状出そうやん……

４９：東京の名無しさん
どう見ても大丈夫ではないやろｗ

５０：東京の名無しさん
わざわざ島田のために一体残すってことは、リハビリかなんかだろうな

５１：東京の名無しさん
灯里ちゃんも楓さんも優しいなー

５２：東京の名無しさん
おい楓さん、あんたも他人事じゃないぞｗ

５３：東京の名無しさん
ぐうううううううううう

５４：東京の名無しさん
腹ペコキャラ発動！腹ペコキャラ発動！

５５：東京の名無しさん
ああああ可愛いんじゃああああ

５６：東京の名無しさん
灯里ちゃんが可愛くて仕方ない
凄く餌付けがしたい
なんならお金あげたい

５７：東京の名無しさん
＞＞５６
それは逮捕やｗ

５８：東京の名無しさん
＞＞５６
捕まってまうｗ

５９：東京の名無しさん
こんな風にダンジョンの中でガッツリ飯を食べる冒険者あまり居ないよな

６０：東京の名無しさん
灯里ちゃんの手作り弁当はいつも美味しそうだよな

６１：東京の名無しさん
大体は携帯食料とか、一度帰って飯食ってからまた戻ってこれるからな
そっちの方が手間とかないし

６２：東京の名無しさん
そういやそうだよな
探索に集中したいのに弁当とか食べてる時間もったいねえし

６３：東京の名無しさん
やっぱり楓さんは詳しいな

６４：東京の名無しさん
動画見たけど、最高到達階層は二十階層だな
まあ階層主の時に暴走して全滅してるけど

６５：東京の名無しさん
島田は十層までで階層主には手を出してないのか

６６：東京の名無しさん
＞＞６４
まじ？

６７：東京の名無しさん
＞＞６６
マジやで

６８：東京の名無しさん
この四人でオーガに勝てるんやろか

６９：東京の名無しさん
オーガはレベル１５が四人いればなんとかいけるレベルだからな
ベテランの楓さんがいれば余裕だろ

７０：東京の名無しさん
レベル上がってたのか
シローもそろそろレベル１５くらいか？

71：東京の名無しさん
まあそれくらいやろうな

７２：東京の名無しさん
六層か

７３：東京の名無しさん
アイアンホークかっけえ
中二心がくすぐられる見た目だわ

７４：東京の名無しさん
上空から攻撃してきて硬いとか、遠距離アタッカーいねーと詰むだろ

７５：東京の名無しさん
灯里ちゃんの矢も弾かれるのか
めっちゃ硬いやん

７６：東京の名無しさん
ホーンシープは凶悪な見た目やな
よくあんなの受け止めるな楓さん

７７：東京の名無しさん
やっぱ楓さんの防御力と大盾の強度すげえわ
並みのタンクなら盾ごと貫かれてるからな

７８：東京の名無しさん
フォーモンキーｗｗ

７９：東京の名無しさん
うぜーーーーｗｗ

８０：東京の名無しさん
こういう攻撃って地味に効くよな
命中率はあんましないけど当たったら痛えし

８１：東京の名無しさん
お前腕四つあるのズルいぞ！

８２：東京の名無しさん
なんとかアイアンホークは倒したか
それにしても石投げうぜえなｗ

８３：東京の名無しさん
いいぞフォーモンキーもっとやれ！
俺達の恨みをぶつけるんだ！

８４：東京の名無しさん
あ！？

８５：東京の名無しさん
おい犬っコロ！ワイの灯里ちゃんになにしくれんねん！

８６：東京の名無しさん
シロー助けようとするもオーク登場！
ナイスタイミング過ぎるｗ

８７：東京の名無しさん
灯里ちゃんピンチ！

８８：東京の名無しさん
おっ

８９：東京の名無しさん
島田やるやん
お前もうアタッカーやれよ

９０：東京の名無しさん
島田強えな

９１：東京の名無しさん
シローやるやん！

９２：東京の名無しさん
ホーンシープ　爆殺！

９３：東京の名無しさん
たくさん毛があるから燃えやすいんだろうな

９４：東京の名無しさん
ダンジョンってそういう所リアルだよね

９５：東京の名無しさん
島田やるやん

９６：東京の名無しさん
ワイも灯里ちゃんに褒められたいよぉ
頭よしよし撫でてもらいたいよぉ

９７：東京の名無しさん
いいパーティーやね

９８：東京の名無しさん
やっぱパーティーは仲良い方が見てる側もいいよな
ギスギスしてるとこっちまで嫌な気分になるし

９９：東京の名無しさん
もっとギスってもええんやで

１００：東京の名無しさん
灯里ちゃん、アイアンホークも問題なくいけるようになってきてるな

１０１：東京の名無しさん
楓さんと島田は経験者だから分かるけど、シローと灯里ちゃんの成長速度も速いよな
ここまでできるようになるにはもっと時間必要だろ

１０２：東京の名無しさん
まあ、二人には才能があったってことやな

１２４：東京の名無しさん
なんかわちゃわちゃしてんな

１２５：東京の名無しさん
これヤバない？
いくらなんでも多すぎだろ

１２６：東京の名無しさん
なんでこんなに出てくんだろ
運がねえな

１２７：東京の名無しさん
これヒーラーがいなかったら絶対死んでたろ
島田がいてよかったわ

１２８：東京の名無しさん
シローと灯里ちゃんバテバテじゃん
これは久しぶりに死んじまうか？

１２９：東京の名無しさん
ここでダブルジラフさん登場ｗ

１３０：東京の名無しさん
デケエなおい
これは終わったな

１３１：東京の名無しさん
なんか気持ち悪いモンスターだな

132：東京の名無しさん
あっ

133：東京の名無しさん
シローーーーー!!

134：東京の名無しさん
シロー死んだ?

135：東京の名無しさん
ギリギリ生きてる!

136：東京の名無しさん
島田のヒールが間に合ったか
でもこれやべえぞ　勝てる気せえへん

137：東京の名無しさん
倒しても倒しても湧いてくるやんけ!

138：東京の名無しさん
灯里ちゃんがヤバい!

139：東京の名無しさん
あっ

140：東京の名無しさん
島田暴走!

141：東京の名無しさん
目がイっちゃてるよ～～

142：東京の名無しさん
暴走島田マジ強いな
ほとんど瞬殺じゃん

143：東京の名無しさん
ねえ、なんかシローに近づいてないか?

144：東京の名無しさん
こいつついにやりやがった!!

145：東京の名無しさん
シロー攻撃してるやん
もう末期だろこいつ!

146：東京の名無しさん
もういいよシロー、殺しちゃえ

147：東京の名無しさん
なんでダブルジラフ攻撃してこないの?
空気読んでるの?

148：東京の名無しさん
>>147
多分楓さんが挑発してると思う

149：東京の名無しさん
やれーシロー!

150：東京の名無しさん
おお!
ナイスパンチや!

151：東京の名無しさん
あっ
気が付いた?

152：東京の名無しさん
すげー震えてるやん……
そりゃそうやろな
仲間を殺しかけたんやもん

153：東京の名無しさん
なんかシローが叫んでる
珍しいな

１５４：東京の名無しさん
シローかっけえ
よく自分を殺そうとしてきた相手にそんなこと言えるな

１５５：東京の名無しさん
こいつ聖人やろ……
普通切れるだろ

１５６：東京の名無しさん
なんか泣けてくるわ

１５７：東京の名無しさん
シローは主人公属性だったのか

１５８：東京の名無しさん
楓さんはぶれねえなｗｗ

１５９：東京の名無しさん
楓さんｗ

１６０：東京の名無しさん
島田もいいけど楓さんにもなんか言ってやれよｗ

１６１：東京の名無しさん
かっこいい……

１６２：東京の名無しさん
イケメン!!

１６３：東京の名無しさん
シローかっけえええええええええ!!

１６４：東京の名無しさん
お前島田も堕とす気か!
やっぱりハーレム体質やん!

１６５：東京の名無しさん
これは惚れるわ

１６６：東京の名無しさん
おいマジでシローがかっこいいんだが

１６７：東京の名無しさん
めっちゃ指示出すやん

１６８：東京の名無しさん
無茶苦茶だな!?
首に跳び移るとか恐くねーのかよ!?

１６９：東京の名無しさん
こいつまたゼロ距離からギガフレイム撃ちやがったｗ

１７０：東京の名無しさん
もうそれ必殺技やん

１７１：東京の名無しさん
うわ……
背中からもろにイってるやん……

１７２：東京の名無しさん
今ボキって鳴らなかった？ｗ

１７３：東京の名無しさん
あの高さから背中から落ちるとかやばいだろ
絶対骨折してるやん

１７４：東京の名無しさん
そんなシローに切れて容赦なく襲いかかるダブルジラフさん

１７５：東京の名無しさん
シロー逃げてえええ

１７６：東京の名無しさん
逃げられないってｗｗ

１７７：東京の名無しさん
島田強えええ
やっぱ一撃やん!

１７８：東京の名無しさん
ってハイヒールも使えるのか
あれ確か【回復術５】は必要だろ

１７９：東京の名無しさん
ハイヒールはいいな

１８０：東京の名無しさん
灯里ちゃん激おこぷんぷん丸

１８１：東京の名無しさん
ぷくってる灯里ちゃん可愛い
頬つっつきたい

１８２：東京の名無しさん
自分殺そうとした奴になんでそんな信頼できるねん
こいつ実はバカやろ

１８３：東京の名無しさん
シロー優しすぎやろ

１８４：東京の名無しさん
みんな気が付いてないと思うんだけど
実は灯里ちゃん、島田を狙ってたんやで

１８５：東京の名無しさん
＞＞１８４
ま？

１８６：東京の名無しさん
ほんまや！
ダブルジラフを狙ってのかと思ってたけど
めっちゃ島田のこと撃とうとしてるじゃん！

１８７：東京の名無しさん
灯里ちゃんもやべえなｗ

１８８：東京の名無しさん
灯里ちゃん……もしやヤンデレ属性が？

１８９：東京の名無しさん
ハンターの目つきやったぞ

１９０：東京の名無しさん
ヤンデレではないだろｗ

１９１：東京の名無しさん
こえええええええ！！

１９２：東京の名無しさん
今になって思ったんだけど
シローよくサシで島田に勝ったな

１９３：東京の名無しさん
まあそこはほら
一応シローはアタッカーだし……

１９４：東京の名無しさん
めっちゃ仲良くなってるやん

１９５：東京の名無しさん
島田はシローによって覚醒しました

１９６：東京の名無しさん
楓さんはいいこと言うな

１９７：東京の名無しさん
仲間か…ええな

１９８：東京の名無しさん
上手く締めたな

１９９：東京の名無しさん
いいなあ、ワイもこんな仲間が欲しかった

２００：東京の名無しさん
絆みたいのがあるよな

262：東京の名無しさん
こいつらペース早いな
もう八層かよ

263：東京の名無しさん
ファラビー対シローの戦いは面白かったな
何回もぶん殴られて面白かったわ

264：東京の名無しさん
カンガルーのくせに強すぎだろw

265：東京の名無しさん
素直に痛そうだった

266：東京の名無しさん
ボルグリズリーもめっちゃ怖かった
あんな恐い熊とよく戦えるわ
俺だったら即行で死んだふりする

267：東京の名無しさん
階層が進むにつれ猛獣ばっかりになってるよな
マジで草原ステージは動物園だわ

268：東京の名無しさん
めちゃめちゃ恐い動物園だけどなw

269：東京の名無しさん
レッドコングも普通のゴリラだし

270：東京の名無しさん
キレゴリラさん

271：東京の名無しさん
島田がマシになってからパーティーとしていい感じになってきたな
連携が上手くなってる

272：東京の名無しさん
一か月前はあんな可愛らしかったのに、もう一丁前の冒険者になりやがって……

273：東京の名無しさん
見守ってるワイらの鼻も高いな

274：東京の名無しさん
最初はあんなにきゃぴきゃぴしていた灯里ちゃんが、今では立派なハンターだしな
ダンジョンってこわいわ

275：東京の名無しさん
やっぱ生き物殺しまくってるから、冒険者って精神力が上がってるのかな

276：東京の名無しさん
そらそうやろ
常人のメンタルじゃスライムは平気でもウルフは殺すのに戸惑うもん

277：東京の名無しさん
そう思ったらやっぱ冒険者って怖ぇな

278：東京の名無しさん
実際楓さんも島田もかなりイカれてるし

279：東京の名無しさん
シローはもうファラビー相手でも平気そうやな

280：東京の名無しさん
他がキャラ立ってるから目立ってないけど、シローもやばない？

281：東京の名無しさん
やばい
タンクとかアタッカーって直接モンスターと戦うから絶対恐いはずなのにシロー全然ビビッてねえもん

282：東京の名無しさん
攻撃されても回復してくれるから大丈夫！って考えだもんな
こいつも大概ぶっ飛んでるぞ

283：東京の名無しさん
ぶん殴られたってぶっ刺されたって平気で向かっていくしな
やべえわ

284：東京の名無しさん
やっぱ一回ホーンラビットにぶっ〇されたのがきいてるのかな

285：東京の名無しさん
そういえばあれからシロー死んでねえな

286：東京の名無しさん
いや、全員死んでねえぞ

287：東京の名無しさん
考えてみるとすげーよな
他の新人冒険者はもっと死んでるのに

288：東京の名無しさん
結構ギリギリなのもあったけどな
まあ楓さんと島田の貢献がでかいわ
あの二人じゃなかったら絶対一回はパーティー全滅してる

289：東京の名無しさん
まあ楓さんじゃなかったらゴブリンキングに殺されてたもんな
運がいいわ

290：東京の名無しさん
にしてもすげー雨やな

291：東京の名無しさん
雨の音がうるさくて全然聞こえない

292：東京の名無しさん
ってかこんなに降ってたらまともに探索できねえだろ

293：東京の名無しさん
やっぱ帰るみたいだな

294：東京の名無しさん
そらそうやろ
こんな大雨の中で戦いたくねーし

295：東京の名無しさん
正直この仕様だけはいらねーよな
ずっと晴れでいいじゃん

296：東京の名無しさん
でも、雪降ってるとちょっとテンション高くならない？

297：東京の名無しさん
雪も冒険者にとっては最悪やろ
寒いし歩きにくいし

298：東京の名無しさん
刹那は一人で雪だるま作ってたけどなｗ

299：東京の名無しさん
上級冒険者達は冬になるとみんな孤島ステージに逃げるよな

300：東京の名無しさん
あれはズルいよな
ただの南の島やん
羨ましいわ

301：東京の名無しさん
動画も終わったし、明日に備えて寝よ

302：東京の名無しさん
シロー達もそろそろ階層主戦やな
楽しみやわ

第四章　暗雲と虹

　GW六日目の木曜日。

　昨日の水曜日で七層を攻略し、俺達《おれ》は八層を探索していた。

「ファラビー2、レッドコング1、アイアンホーク1。許斐《このみ》さんはファラビーを、灯里《あかり》さんはアイアンホークをお願いします！」

「「了解！」」

　いつも通りに五十嵐《いがらし》さんが指示と挑発スキルを使用し、島田《しまだ》さんがバフスキルをかけ、俺と灯里が行動に移す。

　レッドコングと一体のファラビーは五十嵐さんが引き付けてくれたので、俺はもう一体のファラビーと対峙《たいじ》した。

「シュッシュ！」

「おっと」

　ファラビーはカンガルーに似ていて、その拳《こぶし》はボクシンググローブのように丸くて大きい。

　フットワークが素晴らしく、接近戦に強いモンスターだ。

魔術を放っても簡単に避けられてしまうため、こちらも接近戦で応戦するしかない。だけど俺には加速《ソニック》が付与されているし、レベルも上がっているので一対一でも負けはしない。

ファラビーのジャブを躱《かわ》して剣を振ると、首を反らして躱されてしまった。だけど薄皮一枚は切れている。執拗《しつよう》にジャブを繰り返してくるファラビー。俺は躱したりバックラーでパリィしたりしているのでダメージはなかった。

（あんだけぶん殴られたんだ、もう慣れたぞ！）

ファラビーは七層から出現するモンスターで、初めて戦った時はそれはもうタコ殴りにされた。プロのボクシング選手のような戦いは人間っぽくて、戸惑ってしまったのだ。

何度もダウンしたし、倒しても顔はパンパンに腫れ上がってしまった。島田さんのプロテクションがなかったら一発ＫＯだっただろう。

だけどファラビーのお蔭で、対人戦の戦い方が分かってきた。それには感謝している。

「シッ！」

「っぶね！」

手の届く距離から半歩下がったファラビーが回し蹴《け》りをしてくる。それを屈《かが》んでギリギリで回避した。このカンガルー、たまーに蹴り技もやってくるんだよなぁ。この蹴りは初見殺しだよ本当に。

だけど蹴りをした後は大きな隙《すき》ができる。俺は奴《やつ》の脛《すね》を斬りつけ、悶《もだ》え苦しんでいる間に胸に突き刺して屠《ほふ》った。新しいモンスターがいないかを確認し、五十嵐さんの援護に向かう。

灯里はアイアンホークを倒してファラビーに攻撃している。なので俺はレッドコング目掛けて駆け出した。

「ファイア！」

「ガァァ！」

火炎を放ち、レッドコングの注意が俺に向く。雄叫《おたけ》びを上げながら剛腕を振るってきた。真正面から受け止めるとパワー負けするので、バックステップで回避する。すると、レッドコングは怒ってドラミングを行う。その瞬間、奴の身体《からだ》が真《ま》っ赤《か》に染まっていった。

レッドコングの体色は普通のゴリラのように黒いが、怒りが上限を超えると毛が赤く染まり攻撃力が上がってしまう。さらに炎耐性までつき炎系統の攻撃が半減されてしまうのだ。

「ゴア！」

「いいです！　いいパンチです！　70点！」

俺に振るってきたパンチを五十嵐さんが割って入ってガードする。その瞬間俺は横に逸《そ》れてパワースラッシュを繰り出し、レッドコングが再び俺に攻撃してくるがすぐに五十嵐さんが防御する。

この二日間で俺達は連携も強めた。色々な戦い方を模索し、少しはパーティーらしくなったと思う。まあこれは階層主のための練習なんだけど、やってみてよかったと思う。

「パワースラッシュ！」

「グハッ！」

レッドコングにトドメを刺すと、魔石がドロップする。それを拾う前に灯里の方を見ると、丁度《ちょうど》残りのファラビーを倒したようだ。どうやら、島田さんがデスサイスで援護していたみたい。

島田さんもこの二日間でかなりダンジョン病が改善されてきており、今のところ暴走することはなかった。なんか、ダブルジラフと戦った時に色々と吹っ切れたらしい。まだ中毒症状は残っているけど、それは一朝一夕で治るものじゃないから根気よく向き合っていくしかない。

改めて魔石を拾い、四人で合流する。

「島田さんがいると助かります！」

「いや～、黙って見てるのもあれだしね～」

（むっ……っていかんいかん。何を嫉妬《しっと》してるんだ俺は……）

灯里が援護をしてくれた島田さんを褒《ほ》めるので、心の中がもやっとしてしまった。

全く俺ときたら。別に灯里と付き合ってるわけでもないのに。っていうか相手は島田さんなのに嫉妬してしまった。なんて女々しい男だろうか。

うん……もっと心を大きく持とう。

「今の連携は良かったですね。相手が一体だけなら使えます」

「そうだね。でもやっぱり息を合わせるのは難しいよ。早く他《ほか》の冒険者みたいにやれればいいんだけど」

「そこは数をこなしていくしかありません。よろしくお願いします」

「うん、よろしく」

「ねえねえ、お腹《なか》も空いたしお昼にしようよ！」

五十嵐さんと戦闘の反省をしていたら、割り込むように灯里が提案してくる。

収納空間からスマホを取り出して時間を確認すると、確かに昼食の時間だった。

灯里の提案を採用して、俺達はご飯を食べることにした。

灯里の手作り弁当を楽しんでいると、五十嵐さんもおずおずとお弁当を出してくる。どうやらチャレンジしたみたいだ。

よかったらどうぞと言われたので、卵焼きをつまんでみる。

「うん……美味《おい》しいよ、いけるいける」

「そうですか……これしかまともな料理が作れなかったのでよかったです」

「そっか、頑張ってるんだね」

「折角《せっかく》灯里さんが教えてくれたので、続けていこうかなと」

「うん！　また料理会やろうよ、楓《かえで》さん！」

楽しい昼食を終えた俺達は、探索を開始する。

しかし、突然予定外のことが起きた。

「凄《すご》い雨だ！」

「矢が真《ま》っ直《す》ぐ飛ばない！」

モンスターと戦っている途中、大雨が降ってきたのだ。

最初はぽつぽつだったのが、段々と雨粒が大きくなって豪雨になってしまう。雨に濡《ぬ》れて防具が重たいし、視界がぼやけてまともに戦えない。まあそれは戦っているモンスターも一緒なんだけど、俺達の方が断然不利な状況になっていた。

灯里は矢を放っても雨に打たれて勢いが落ちてしまうし、俺は炎魔術が出せない。使用はできるんだけど、威力が低すぎて意味がないのだ。小雨程度だったら大丈夫だけど、こんな大雨では火が掻《か》き消されてしまう。

なるべく戦闘を回避し、しょうがなく戦う場合は肉弾戦でなんとか倒し、必死こいて自動ドアを見つけ、俺達は現実世界に帰ってきたのだった。

◇◆◇

「いやー酷《ひど》いもんでしたね」

「そうだね～、こういうところはちょっと嫌だよね～」

ギルドに帰ってきた俺達は、更衣室に備え付けてある乾燥機で防具を乾かしていた。俺達の他にも、多くの冒険者が「最悪だわ～」と愚痴を吐いている。

ダンジョンから戻ってくると、身体は元の状態に戻っている。ただ、ダンジョン産の物は違うのだ。防具が濡れていたら、帰ってきても濡れてしまった状態のまま。

もしこれが私服とかだったらダンジョンに入る前に戻っている状態になるから濡れていないのだが、ダンジョン産の防具はそうはいかず、こうやって一々《いちいち》乾かさなければならない。

凄くありがたいことに、広い更衣室の中に乾燥付き洗濯機がいくつも備えられているため、島田さんと隣同士で乾かしている。

雨の日の探索は難しい。特に大雨の日は探索をしない方がいいだろう。

それでもダンジョンに入りたい人達はカッパを着たり、雨避けのバフスキルをつけていたりするみたいだけど。

（そういえば、ダンジョンに入ってる日に雨になったのって初めてだなぁ）

今までずっと晴れで、悪くても曇りだった。

だけど今日はがっつり雨で、探索が非常に困難なことが分かった。もしこれが梅雨の時期になると、ちょっと対策を立てないとな～と呻《うな》ってしまう。

防具を乾かし終えて、スタッフに装備を預けると、灯里達と合流した。

それからエントランスに出て少し話していると、誰《だれ》かに声をかけられた。

「あれ、楓じゃねえか」

「――ッ⁉」

「あー本当だ」

「楓、元気してた？」

「誰この人？」

「うちらの元パーティーメンバー」

声をかけてきたのは五十嵐さんの知り合いだったようだ。

男性三人に女性二人。一人の女性以外はみんな知り合いっぽい。みんな若そうに見えるし、俺よりは年下だろう。久しぶりに会えて話したいことがあるだろうと、邪魔しちゃ悪いと離れようと思ったが、五十嵐さんの表情が優れない。

なんだか脅《おび》えているようにみえた。いや……これは罪悪感か？

「お前、まだ冒険者やってたのかよ」

「……はい」

「はん、あんなことしておいてよくまだ冒険者でいられるよな」

「ちょっと海斗《かいと》、もうほじくり返さなくていいでしょ」

海斗と呼ばれた男性が責めるように五十嵐さんに告げ、それを女性が窘《たしな》めている。

俺は五十嵐さんの前に立ち、彼等《かれら》にこう言う。

「あの、もう行くから……話はまた今度にしてくれるかな」

「あん、なんだよテメエ。もしかしてこいつとパーティー組んでんの？」

「そうだけど、なにか？」

「はっ、やめとけやめとけ。こいつはもう壊れてんだよ。それにこいつといると殺されちまうぜ。俺達も殺されたからな」

「――ッ⁉」

「そこら辺にしときなよ海斗」

「そーだよ。わざわざこっちから関《かか》わらなくたっていいじゃねーか」

「ほら行くよ」

「ちっ、わーったよ」

なんだか分からないうちに、彼等は去ってしまった。

俯《うつむ》く五十嵐さんに何を言えばいいか困惑していると、灯里が心配そうに尋ねる。

「楓さん、大丈夫？」

「すみません……今日は失礼します」

「あっ、楓さん！」

灯里が手を伸ばすが、五十嵐さんは振り向くこともなく外に行ってしまった。

（五十嵐さん……）

轟々《ごうごう》と降《ふ》り注《そそ》ぐ大雨のように、俺達の心にも暗雲が立ち込めていたのだった。

◇
◆
◇

高校の友達に勧められ、私はファンタジーの世界に嵌《はま》った。

ドラゴ○クエスト、ファイナ○ファンタジーなどのゲームをやり尽くした後は、MMORPGのパソコンゲームにド嵌り。チャットで仲間とリアルタイムであーでもないこーでもないと話しながら、ダンジョンを攻略したりモンスターを倒したりするのは楽しくて、気付いたら徹夜してしまっていることなんてザラだった。

仲間とアイテムを集めたり、十人以上ものユーザーでレイドバトルをしたり、ギルドを作ってランキング上位を目指したり、私の青春の全《すべ》てはファンタジーの世界につぎ込んだといっても過言ではないだろう。

大学でもファンタジーの熱は冷めず、私は大学の友人達とファンタジーゲームに興じていた。友人達はみんなゲーム好きで、初めて馬が合う関係だった。

折角の大学生活なのにサークルにも入らず、講義が終わったらすぐに家に帰って、パソコンの前にスタンバり暇を潰《つぶ》しながらみんなを待つ。全員集まったらフィールドに出て、クエストなどをクリアしていく。

本当に楽しい毎日だった。

そんな中、２０２２年の春に、後に教科書に必ず載るであろう世界を震撼《しんかん》させる出来事が起きた。

世界中のあらゆる塔がダンジョンになったのだ。

最初は何かの冗談で、眉唾物《まゆつばもの》だと思っていた。

だが日が経《た》つにつれ真実味を帯びていき、ダンジョンは本当に存在していることが分かった。

それを確証づけたのが動画配信サイト。

誰が撮っているのか定かではないけど、各国の自衛隊がダンジョンに入ってスライムと戦っている動画が生配信されている。最初はそれさえもフェイク動画だと思われていたが、情報が拡散し、それはどうやら本当だということが分かった。

この衝撃的な事実に、世界は沸いた。そして私の心も躍り狂った。

だってそうだろう？　大好きなファンタジーの世界が、このリアルワールドに存在しているのだから。

行きたい！　ダンジョンに行きたい！

いつかダンジョンに行けることを願いながら、私はひたすら動画配信サイトにかじりついた。日本だけではなく、世界中のダンジョン動画を見る。あれだけ嵌っていたゲームも放《ほ》ったらかして、ひたすらにダンジョンライブを見まくった。

多分、私のようなオタクは沢山《たくさん》いただろう。それだけダンジョンは神秘で、私達に最大の娯楽を与えてくれたのだ。

月日が経つと、外国では一般人にもダンジョンが開放された。

それが羨《うらや》ましくて、外国に移住しようかと思ったけど大学の友人達に止められてしまう。すぐに日本でも開放されるからと説得された。

ダンジョンが出現してから一年後、やっと日本でもダンジョンが開放される。私は友人達とその日に冒険者登録し、ダンジョンに入った。

感動だった。

一階層に足を踏み入れた時、私の心は震え、涙を流した。ダンジョンの世界は、私が夢見た世界のままだったのだ。

ステータスを開いた時、スライムを倒した時、魔石がドロップした時、モンスターのアイテムや防具がドロップした時。何度も何度も感動を覚えた。

それから私達はダンジョンに入り浸った。

ダンジョンが開放されることが分かっていたから、私と友人達はそれまでに講義をいれまくって卒業までの単位を取り切り、後顧の憂いもなく大学そっちのけでダンジョンを探索する。

元々ダンジョンやファンタジーゲームが好きで、尚且《なおか》つ最新情報も抜かりなく入手していた私達は、かなり速いペースで攻略を進めていた。

スタートの時点で言えば、私達はトップクラスの冒険者パーティーだっただろう。

楽しくて楽しくて仕方なかった。

剣を振るえて、魔法を出せて、自分の身体が少しずつ強化されていく。自分が物語の主人公になったような全能感。

モンスターに攻撃されれば痛いけど、それさえも〝これはリアルだ〟と実感できて嬉《うれ》しかった。

新しいモンスターが現れたらその都度話し合って作戦を立て、みんなで力を合わせて乗り越えていく。楽しすぎて、起きている時も寝ている時もダンジョンを想《おも》っていた。

その時は、自分がダンジョンに侵されているとは思わなかったのだ。

「ねえ、なんか最近の楓……恐いんだけど」

「え……そうですか？」

異変を感じたのは、十八階層を探索している時だった。

モンスターとの戦闘を終えた後、引き攣《つ》った顔を浮かべる友人から、不意にそんなことを言われたのだ。

恐い？　私が？

何がどう恐いのか分からなかったが、戦闘を続けていると私が狂気を孕《はら》んでいるように見えるらしい。自分ではそんな感覚はないが、他の友人も気まずそうにその通りだと言ってくる。

何かの間違いだと思い、帰った後自分のダンジョンライブを確認した。

「これが……私……？」

画面に映っている自分の姿に驚愕《きょうがく》してしまう。

二体のモンスターに攻められている時、私は苦しそうにするどころか狂ったように笑っているのだ。頬《ほお》を赤く染め、まるで愛しい人とセックスするかのようにモンスターとの戦闘を楽しんでいる。とても常人には見えない恐ろしい姿だった。

いつからそうだったのかは分からない。

ただ知らず知らずのうちに、私は仲間が脅えるほどの狂人になっていたのだ。

気をつけようと思っても、私の意思に関係なくそれはやってくる。

戦っている間に気分が高まり、仲間の言葉を無視して暴走してしまうのだ。戦闘が終わると治まるのだが、その時はもう仲間達の私を見る目は化物を見る目だった。

それでも、これまでの絆《きずな》でなんとか関係は保っていたが、決定的なことが起きてしまう。

二十階層の階層主と戦っている時、私はまた暴走してしまったのだ。そのせいでパーティーの連携が破綻し、仲間達は全員殺されてしまった。

最後に残ったのは、自我を取り戻した私。

自分のしでかしたことを後悔しながら、初めて死を体験した。

ギルドに帰った時、仲間の海斗に告げられる。

「楓、悪ぃがもうお前とはやってけねぇ。パーティーから外れてくれ」

「……はい」

「楓、自分で気づいてないかもしれないから言うけどよ――」

――お前、病気なんだよ。

そう、私は病気だった。最近起こっているダンジョン病というやつだった。

風邪《かぜ》ではなく精神的なもので、治すのは難しい。一番の解決策はダンジョンから離れることだった。

だけど私には、そんなことができなかった。できるわけないじゃないか。好きで大好きで、待ち望んでいたダンジョンの世界。それを自分から手放すなんてできない。

仲間のパーティーから外された私は、フリーの冒険者になった。

一日限りならもし暴走したとしても後腐れもないし、詮索されることもない。一人で探索しても良かったが、私はタンクだったし一人では限界があるし、何より全く楽しくない。

凄く注意すれば我慢できるし、問題は起きなかった。たまにやらかしてしまったが。

楽しくも満ち足りない日々を繰り返していると、私は大学を卒業して社会人になった。

自動車会社で、そこそこの優良企業だ。就活を早く終わらせたくて、選り好みはしなかった。

冒険者を副業として続けていられるところならどこでも良かったのだ。

入社して、仕事が始まる。

元々私は能力が高い方だったので、成績は良い方だった。

それと自分は容姿も良いらしく、同期や上司の男性によく声をかけられる。大学の時はメイクとか見た目に気をつけていなかったから全然モテたりはしなかったが、社会人として最低限の身だしなみをすると周りからは美人に見えるらしい。声をかけられたり呑《の》みに誘われたりするのは、本当に迷惑でしかなかった。

そんな中、会社全体で新人歓迎会が開かれる。同期や上司の誘いは全て断ってきたが、新人歓迎会は新人は全員強制参加らしいので、仕方なく参加した。

色々な部署の先輩や上司が次々に「期待しているよ」「何か困ったことがあったら遠慮せず言ってほしい」と声をかけてくる。無下《むげ》にもできないので丁寧に対応していると、話が長い上司にあたってしまう。

しかもジロジロと下種《げす》な眼差《まなざ》しで無遠慮に見てくるし、肩や背中を叩《たた》いてくる。

なんとか堪《こら》え、早く消えてくれないかなと願うも、中々離れてくれない。助けを求めようと周りに目をやるが、関わりたくないのか無視して通り過ぎていくばかりだった。

(本当に最悪……)

社会って残酷だと思い、役職にいる人間はこんな低能な奴ばかりなのかと失望してしまう。

上司の触手が、私の臀部《でんぶ》に向かおうとした時だった。突然男性社員が声をかけてくる。

「あの、武左《ぶさ》部長ですよね？」

「ん、そうだが……なんだね君は」

「私、製造部でプログラミングをしている許斐といいます。部長のことを尊敬していまして、以前からお話を伺いたいと思っていました。是非、ご教授をお願いしたいのですが……」

「むぅ〜、今は彼女と話しているんだが、後ではダメなのかね」

「よろしければ今すぐにでもお聞きしたいです」

許斐と名乗った男性は、強い口調で告げた。部下にそこまで言われて上司が黙ってはいられず「仕方ない」と言って、許斐さんは上司を連れ去ってしまう。

その後すぐに他の同期や先輩から「大丈夫だった？」と心配されたが、今まで無視していたくせにどの面《つら》下げて言ってるんだと、内心で心底呆《あき》れた。

新人歓迎会は終わり、私は帰宅し、家で飲み直した。

元々お酒は好きだが、酔うと悪酔いするので歓迎会では抑えていたのだ。ビールを呷りながら、私を助けてくれた許斐さんのことを思い出す。

「あんな人もいるんだ……」

これは後で知ったことだけど、彼は本来ああいうことをする人間ではないらしい。

部内では静かで、仲の良い同僚がいないどころか馬鹿《ばか》にされており、自分から役職相手に胡麻《ごま》をすることなんてできない人だ。

ということは、許斐さんは私を助けるためにあの汚いおっさんに声をかけたのだ。

恐いはずなのに、どれだけの勇気を振り絞ったのだろう。そして、困っている後輩を助ける優しさがある。

少し気になった私は、わざわざ遠回りして製造部の廊下を歩いたりして、許斐さんの姿を探す。すれ違えば心が沸いた。まさか自分にこんな乙女《おとめ》な感情があるとは思ってもみなかった。

声をかけようとも思ったが、何故《なぜ》か恥ずかしくてできなかった。私と同じで、許斐さんはお昼を食堂で取っているから、いつか声をかければいいかと思いつつ、結局遠くから眺めていることしかできなかった。

入社してから一年後のことだった。

突然許斐さんのお昼が、食堂の定食ではなく手作り弁当になったのだ。しかも、絶対女性が作ったやつ。

（もしかして……彼女？）

急に焦《あせ》りを抱いた私は、約一年越しに声をかける。

するとやはり彼は私のことを覚えておらず、自己紹介から始まった。

彼は弁当は自分で作ったと言ったが、目が泳いでいるので嘘《うそ》だと分かる。ああ、この人は嘘をつけない人なんだとおかしくて、心の中で笑ってしまった。

それからギルドから募集がきていて、了承して行ってみれば何故か許斐さんと女子高生の灯里さんがいて、一緒にダンジョンに行くことになった。

新人冒険者の彼等を見ていると懐《なつ》かしくなってしまい、彼等の楽しみを奪ってはいけないと、私はあまり助言はしなかった。

二人がダンジョン被害者ということを知って、バーで許斐さんから仲間になってほしいと頼まれた時は、凄く嬉しかった。彼等の役に立ちたい。許してもらえるならば、私も一緒に楽しみたい。

だけど私のダンジョン病の症状が出てしまい、もう終わりだと思ったけど、許斐さんと灯里さんは私を受け入れてくれた。本当に嬉しかった。

ゴブリンキングを倒し、島田さんが仲間に加わって、良いパーティーだと、久しぶりに純粋に冒険を楽しんでいた時だった。


「はっ、やめとけやめとけ。こいつはもう壊れてんだよ。それにこいつといると殺されちまうぜ。俺達も殺されたからな」


かつての仲間だった彼等に会い、私の罪を許斐さん達に言われてしまった。

顔を合わせられなくて、追及されたくなくて、私は彼等の前から逃げた。

「……やっぱり私は、許斐さん達と一緒にいていい人間ではないんだな」

窓に映る自分の顔を見ながら、そう呟《つぶや》いたのだった。

◇◆◇

「楓さん、大丈夫かな……」

「どうだろうな。顔色も悪かったし……」

GW七日目の金曜日。

東京タワーへ電車で向かっている途中、灯里の不安に曖昧《あいまい》な答えを返す。

昨日の夜、俺と灯里は五十嵐さんの過去動画を幾つか視聴して、問題となったであろう階層主との戦いを見つけた。途中まではいつも通りで仲間との連携も上手《うま》くいっていたのだが、後半にモンスターの攻撃が激しさを増すにつれ彼女の様子も段々おかしくなっていった。

我を忘れて自分勝手な行動を取るようになって連携も崩れてしまい、一人ずつ仲間が死んでいく。

だけど五十嵐さんは仲間が死んだことなど気にせず、最後の一人になっても階層主と戦っていたのだ。

（あんな五十嵐さんは初めて見たな……まるで島田さんみたいだった）

俺達とパーティーを組んでからも、何度か暴走している。でもそれは表面的であり、しっかり理性はあった。ゴブリンキングと戦っていた時だってそうだ。

そんな彼女が、動画の中では狂ったように嗤《わら》いながら戦っていた。正直な感想をぶっちゃけてしまうと、純粋に恐いとすら思ってしまった。

昨日は五十嵐さんへの仲間の言い方に棘《とげ》があってムカついたけど、動画を見れば彼等の怒りも仕方ないと思ってしまう。それが初めてではなく、かなり前から兆候があって階層主で爆発《ばくはつ》したのだ。彼等が五十嵐さんをパーティーから外すのもしょうがないかもしれない。

「俺は五十嵐さんを信じるよ」

「士郎《しろう》さん……」

「大丈夫だよ、五十嵐さんは強いから」

安心させるようにそう告げると、灯里はうんと小さく頷《うなず》いたのだった。

ギルドにやってきた俺達は、集合場所に向かう。そこには島田さんがいたけど、五十嵐さんの姿はなかった。

今日は来れないという連絡も来てないし、集合時間を越えているわけでもないから、とりあえず待つことにした。すると、丁度の時間に姿を見せる。

「お待たせしました」

「ううん、時間ピッタリだよ」

「楓さん！　大丈夫⁉」

「ご心配をおかけしました。私は大丈夫です」

「あんまり無理はしない方がいいですよ？」

「はい……でも、大丈夫ですから」

「……分かった、じゃあ行こうか」

五十嵐さんの表情はいつも通りで、昨日のことを引きずっているようには見えない。彼女自身が大丈夫だと言っているならこれ以上心配しても仕方ないし、俺達は準備に取り掛かってダンジョンに向かうことにした。

ダンジョンの八階層に来ると、まだ空は曇っていた。

どんよりとした天気も相まって、戦闘にも身が入らない。というか、五十嵐さんの動きがいつもと違うような気がした。

「ガルアアアアアア！」

「くっ」

ボアグリズリーの攻撃に、五十嵐さんが半歩後退する。いつもは跳ね返す勢いで防御しているのに、今はそれを抑えているように見えた。

それに、モンスターも一体しか注意を引けていない。いつもなら二体、余裕があったら三体を相手しているのに。やっぱりどこか調子が悪いみたいだ。

「灯里、こっちはいいからボアグリズリーを頼む！」

「分かった！」

「キュ！」

「フレイムソード！」

飛びかかってきたホーンラビットを躱しながら炎剣で屠り、ハリモグンのタックルをバックラーで弾《はじ》き返す。迂闊《うかつ》に接近して針に刺されたくないので、ギガフレイムを放ち一撃で仕留めた。

横から攻めてくるゴブリンを蹴っ飛《と》ばし、肉薄してくるファラビーのジャブを紙一重で躱すと、カウンターで斬撃を繰り出す。ダメージは与えたが、殺すにまでは至らない。

起き上がったゴブリンとファラビーが同時に攻撃してきた。

ファラビーのストレートをバックラーで受け止め、体当たりしてくるゴブリンの首に剣を突き立てる。ポリゴンとなって消滅していくゴブリンを横目に、ファラビーのジャブをバックラーでパリィして首を刎《は》ね飛ばす。

周りにいたモンスターを片付けた俺がグリズリーを見ると、丁度灯里がパワーアローを放って倒したところだった。

荒い呼吸を繰り返している五十嵐さんに代わってモンスターがいないか安全を確認したあと、収納からスポーツドリンクを取って彼女に渡す。

「おつかれ」

「……ありがとうございます」

スポーツドリンクを受け取った五十嵐さんは、蓋《ふた》を開けて飲むわけでもなく、心ここにあらずといった風にボーっとしている。

そんな様子を見たことがなかったので、やはり心配になってしまった。

――今日はもう帰ろう。

そう提案しようとした瞬間、俺達の目の前が強く発光する。

なんだなんだ⁉ と慌《あわ》てていたら、唐突に階段が現れた。これって、次の階層に行くための階段だよな……こんな風に出てくるんだ。

初めて見た階段の出現の仕方に感心していると、五十嵐さんが口を開く。

「行きましょう」

「で、でも……」

「きょ、今日は行かない方がいいんじゃないかな？ ほら、また雨も降りそうだし……」

灯里と島田さんが気を使って提案するが、五十嵐さんは眼鏡《めがね》を触りながらこう言った。

「私なら平気です。折角階層を更新できるのですから、行きましょう」

「……」

「分かった、行こう。でも、俺達から見ても五十嵐さんは調子が悪く見える。だから、無理だと判断したらすぐ帰還するからね」

「ええ、いいですよ」

俺達は不安を抱えたまま九階層へ足を踏み入れたのだった。

◇◆◇

「ソードタイガー1、ドライノ1、ワイルドホース2、スカイバード2！　灯里さんはスカイバードを！　許斐さんはソードタイガーをお願いします！　プロバケイション！」

「「了解！」」

「ソニック、プロテクション」

灯里はスカイバードを狙《ねら》い攻撃し、五十嵐さんは挑発《プロバケイション》を使ってドライノとワイルドホースを引き寄せ、島田さんがバフスキルを使って支援し、俺はソードタイガーと対峙する。

「ガルルルル」

「間近で見ると迫力あるなぁ……」

ソードタイガーの外見はトラで、前歯が横に鋭く伸びている。あの前歯に掠《かす》りでもしたら、真っ二つにされるかもしれない。サイの外見をしているドライノもそうだけど、上層に行くにつれ、重量級で強いモンスターばかりになってくるな。

こんなのと戦うなんてどうかしている。普通の人間だったら絶対に戦おうとか思わないだろう。レベルやスキルの概念があるからこそ、戦おうと思えるんだ。

まあそれでも、恐くないとは言えないけどね。

「ガアア！」

「ぐう！」

接近してきたソードタイガーが前歯を振るってくるのに対し、咄嗟《とっさ》に剣で受け止める。鍔迫《つばぜ》り合いになって押し負けそうになるが、足腰を踏ん張ってなんとか耐えた。それから数合打ち合うが、お互いの実力は互角。

くそ、トラのくせに剣の技術があるなんてズルいぞ！

「ああ！」

「楓さん！」

悲鳴が聞こえ、視線だけそちらに振り向くと、五十嵐さんがワイルドホースに押し倒されていた。島田さんが慌てて援護に向かうが、もう一体のワイルドホースに足止めされてしまう。その間にドライノが突進し、起き上がろうとしている五十嵐さんを角でかち上げた。

「——かはっ！」

打ち上げられ、背中から地面に叩きつけられた五十嵐さん。起き上がる様子がなく、このままではドライノに轢《ひ》き殺されてしまう。スカイバードを倒した灯里がドライノに矢を放っているが、矢が刺さっているのにもかかわらず突進しようとしている。

今すぐ助けに向かいたいが、ソードタイガーが邪魔してきた。

「ガルアアッ」

「そこをどけええええ‼」

ジャンプしてくるソードタイガーの真下をスライディングで潜《くぐ》り抜けながら、剣で腹の内側を掻《か》っ捌《さば》く。鮮血のシャワーを浴びる俺は、スタートを切ったドライノに横から突っ込み、左手を掲げた。

「ギガフレイム！」

「ンボウ⁉」

豪炎が直撃し、ドライノの足が止まる。その隙に間合いを詰め、パワースラッシュを繰り出した。灯里もダメージを与えてくれていたお蔭か、その一撃でドライノは消滅する。ワイルドホースを倒した島田さんが近くに来て、苦しんでいる五十嵐さんに回復魔術を発動した。

「ハイヒール」

「ふぅ……ふぅ……ありがとうございます」

「大丈夫か？」

「楓さん！」

俺と灯里が声をかけるが、彼女は俯いて口を開かない。その間に島田さんがエリアヒールをかけてくれたお蔭で、俺も少し楽になった。

五十嵐さんは重傷を負っているのかもしれない。だから容態を窺《うかが》うと、彼女は「平気ですから」と強めの口調で返してくる。

「すみません……取り乱しました」

「楓さん……本当に大丈夫？」

「私も人間ですから、ミスをする時だってあります。そんなに深刻そうな顔をしないでください」

優しい声音で言う五十嵐さんだけど、やはりどこか無理しているようにも見える。

が、これ以上心配しても本人に気を使わせてしまうし、いけると言うなら探索を続けよう。

ただし、自動ドアを見つけたら今日はもうそれで帰ることにする。

そんな風に自分の中で方針を立てていた——その時だった。

「ブモオオオオオオオオオオオオオオッ!!」

「「——ッ⁉」」

鼓膜を劈《つんざ》く雄叫びに驚愕する。

非常に嫌な予感を抱きながら声の方へ振り向くと、鬼のような牛が悠然と立っていた。

「なに……あれ……」

「牛鬼《ミノタウロス》……最悪です」

「確かに運がないね……今になってミノタウロスと遭遇するなんてさ」

牛鬼《ミノタウロス》。

それは、七層~九層に稀《まれ》に出現するモンスター。

二メートル超の巨漢に、はち切れんばかりの筋肉。見た目は黒牛が二足歩行で立っている感じだ。だけど、そんな可愛《かわい》いものでは決してない。威圧感が半端《はんぱ》なく、血色の眼光に睨《にら》まれたら恐怖で身体が竦《すく》んでしまう。

ネットではレアモンスター、階層主の門番、調子に乗った初心者キラーと様々なあだ名をつけられている。俺も二回ほど動画を視聴したことがあるけど、まさに暴《あば》れ牛っていう感じで手が付けられなく、冒険者達は為《な》す術《すべ》もなく蹂躙《じゅんりん》され全滅していた。

階層主を抜けば、草原ステージで間違いなく一番強いモンスター。

そんなモンスターが、俺達の前に現れてしまった。

やばいな……さっき結界石を使ってしまったばかりだし、逃げ切れるか分からない。

こうなったら戦う他ないだろう。

「私が食い止めますので、皆さんは逃げてください」

「またそういうこと言うんだ。楓さんって懲りないよね」

「灯里の言う通りだ。前にも言ったけど、仲間を見捨てて逃げることなんてできるわけないじゃないか」

「そうですよ。死ぬなら皆一緒です」

ふざけたことを抜かす五十嵐さんを灯里が窘める。それに便乗するように、俺と島田さんも言葉をかける。って島田さんはちょっとズレている気がするけど、まあいいか。

「皆さん……」

「やろう。この四人ならきっと倒せるさ」

そう告げると、五十嵐さんは静かに頷いた。

「ブモオオオ‼」

あんな強そうなモンスターと戦うのは恐いさ。

だけど、俺には頼れる仲間達がいる。何も恐れることなんてない。

「さあ、いこう」

覚悟を決めた俺達は、ミノタウロスと対峙した。

「プロバケイション！　ファイティングスピリット！」

「ソニック、プロテクション！」

「ブモオオオオオオッ‼」

開幕と同時に五十嵐さんと島田さんが全体にバフスキルを発動する。

ミノタウロスは雄叫びを上げながらドドドッと凄《すさ》まじい勢いで猛進してきた。五十嵐さんは俺達の前に出て、盾《たて》を構えてタックルに備える。

ミノタウロスが盾に衝突すると、ドンッと車が壁にぶつかったような重低音が鳴り響く。

「ぐっ」

歯を食いしばり、足を踏ん張らせてギリギリ受け止める。

凄い……あの突進を受けて吹っ飛ばないのか。彼女の防御力に驚きながら、動きが止まった牛鬼に俺と灯里がアーツを放つ。

「パワースラッシュ！」

「パワーアロー！」

左腕に斬撃を与えたが手応《てごた》えはない。矢も眉間《みけん》を狙ったが、咄嗟に太い角で弾かれてしまった。ミノタウロスが吠《ほ》え、剛腕を振り下ろそうとしてくる。だが五十嵐さんがすぐに俺の前に割り込んできて、拳打《けんだ》を防いだ。鼻先で、一房に纏《まと》められた黒い長髪が靡《なび》く。

「ヒール！」

「はぁぁあああ！」

すぐに島田さんが五十嵐さんを回復させ、俺は彼女の横からミノタウロスの身体に斬撃を与える。加え、背後から灯里が奴の背中に連射した。

しかし、ミノタウロスは一向に怯《ひる》む様子を見せない。奴の防御力が凄まじいのか俺と灯里の攻撃力が低いのかは分からないけど、この化物を倒せるイメージがわかなかった。

「オオオ!!」

「――ッ!?」

牛鬼は突然反転し、背後にいる灯里に向かう。灯里は弓を抱えながら迂回するように逃げた。

くそ、あのままじゃ追いつかれる。盾を持ってない灯里があの一撃を喰《く》らったら一発で死んでしまう。

焦る俺は剣を放って全力で追いかけ、灯里を襲おうとするミノタウロスの背中にギガフレイムを放った。

「グウ……」

バアン！　と着弾すると、奴は初めて痛みに呻《うめ》いた。もしかして、炎属性系の攻撃ならダメージを与えられるかもしれない。

一縷《いちる》の希望が見つかって喜んでいると、黒い化物は怒りの雄叫びを上げて俺に突進してきた。

あんなのに突っ込まれたら身体がバラバラに弾け飛んでしまうので、俺は横に移動して逃げようとする。

だがミノタウロスは弧を描くようにカーブして追いかけてきた。

（逃げ切れない！）

このままではヤバいと死を予感したその時、五十嵐さんが割り込んでタックルを受け止めた。

だが十全に構えていたわけではないので、衝撃に負けて俺ごと吹っ飛ばされてしまう。ゴロゴロと地面をのたうち回る俺と五十嵐さんはすぐに立ち上がって追撃に備えた。

「ヒール、プロテクション！」

「フレイムアロー！」

島田さんが五十嵐さんを支援し、灯里が意識を逸らすように火矢を放つ。

牛鬼の動きが一瞬止まり、ほんの少しだけ余裕ができた。その間に俺は島田さんが拾ってくれた剣を受け取り、五十嵐さんはスキルを発動する。

「灯里さん、連続で攻撃するとタゲを取ってしまいます、気をつけて！　島田さんも回復は控えてください！　私なら大丈夫です！　許斐さんは無茶をしないでください！　私以外がミノタウロスの攻撃を喰らったら、一撃で戦闘不能になってしまいますよ！」

叫ぶように指示を下す彼女はとても息が荒く、凄く苦しそうな表情を浮かべている。

本人は大丈夫と言っているけど、この状態を見てしまったら島田さんも回復させてしまうだろう。本当に大丈夫なのか？　我慢しているだけではないのか？

そんな疑問が浮かぶが、俺達が戦えているのは五十嵐さんのお蔭だ。心苦しいけど、今は彼女に頼るしかない。

それからも激しい攻防は続いた。

ミノタウロスの猛攻を五十嵐さんが凌《しの》ぎ、島田さんはタイミングを計ってバフをかけ、俺と灯里がちまちまとダメージを与えていく。だが、ミノタウロスが倒れる気配が全くない。確実にダメージは与えているはずなのに、疲れるどころか勢いが増しているようにさえ感じた。

先に均衡が破れたのは、五十嵐さんだった。

「はは、ハハハハハ!!」

「ブモオオオ!!」

「いい、イイ、キモチ良い！　もっとください、もっとイケるでしょう！　さあ、私に痛みをください!!　生きてる実感をください!!」

（やばい、五十嵐さんまた……）

ミノタウロスとの戦闘でボルテージが上がってしまったのか、五十嵐さんが嬉々《きき》とした表情で嬌声《きょうせい》を上げている。立ち回りは激しさを増し、自分から向かっていってしまっている。

周りが見えていないのか、俺とのコンビネーションも合っていない。

そして――ミノタウロスに攻撃しようとしたその時、俺は五十嵐さんにどつかれてしまった。

「あっ」

ぶつかって倒れてしまった俺を、驚愕の表情で見つめる五十嵐さんに、ミノタウロスが容赦《ようしゃ》なく豪拳を振るって、彼女は吹っ飛ばされてしまった。

「五十嵐さん！」

◇
◆
◇

（本当にバカですね……私は）

またか、と。

五十嵐楓は自分を呪《のろ》った。大学の仲間と挑んだ二十階層の階層主戦で、我を忘れて暴れ仲間の邪魔をし、自分を含めた全員を殺してしまった。

パーティーを解雇されてからはその過ちを繰り返すまいと己《おのれ》を制御していたが、士郎と灯里と組むようになってから徐々に兆候が出始めてしまう。それでも彼女は、ギリギリのところで自我を保っていられた。

昨日に旧友達と出会い、過去の自分を責められてから改めて自分を律しようと決意する。それがいけなかったのかもしれない。楽しんではいけないという枷《かせ》が調子を崩し、三人に迷惑をかけてしまった。それに加えずっと我慢していた分、ミノタウロスとの戦いで高揚してしまい、あの頃《ころ》のように我を忘れて暴走し、士郎を突き飛ばしてしまったのだ。

何も変わっていない。

一年前、仲間達を殺してしまったあの頃から何も。


――お前、病気なんだよ。


仲間に告げられた事実が胸を抉《えぐ》る。

認めたくなかった。認めてしまえば、この素晴らしい世界に二度と来られなくなる。だけどもう、終わりにしなくてはならない。壊れた自分の暴走によって仲間を危険に晒《さら》すのは、殺人となんら変わりないのだから。

「ハイヒール。五十嵐さん、大丈夫ですか⁉」

「し、島田さん……」

島田拓造《たくぞう》が高位回復魔術をかけてくれたお蔭で、バキバキに折れていた骨が治り、痛みが和らいだ。

だけどもう、立ち上がる気力が湧《わ》いてこない。それに立ち上がったところで再び暴走してしまい、士郎を危険な目に遭わせてしまうだろう。

自分はもう必要ない。顔を俯かせ諦《あきら》めてしまっている楓に、拓造が諭すように柔らかい声音で話してきた。

「五十嵐さんの気持ちは痛いほどよく分かるよ。僕もそうだから。でも許斐君や星野《ほしの》さん、それに五十嵐さんもそんな僕を認めてくれたじゃないか。だから僕は、自分自身と向き合うことができたんだ」

「島田さん……」

「行ってあげてくれ。許斐君は君が来るのを待って、今も必死に戦っている」

拓造の言葉に、楓は顔を上げて士郎を見る。

彼は一人でミノタウロスと渡り合っていた。いや、すぐ側で灯里も応戦している。二人とも諦めておらず、ギリギリの状態で戦っていた。

そんな二人の姿を見て、楓は拳を強く握る。

（私は、彼等を死なせたくない！）

心の内側から力が湧いてきた楓は立ち上がり、盾を拾って駆け出した。

◇◆◇

「五十嵐さん！」

俺を突き飛ばした五十嵐さんが、ミノタウロスの一撃によって吹っ飛ばされてしまった。

心配で駆けつけたい思いに駆られるが、そんな悠長なことはしていられない。彼女は島田さんに任せ、目の前の化物に集中する。

「ブモオオオ！」

「くっ！」

ブウン！　と振られる剛腕を、頭をかがめて回避する。

ミノタウロスの攻撃力は驚異的だ。五十嵐さんの防御力だったから死なずに済んだが、彼女以外が喰らってしまえば一撃でポリゴンとなってしまうだろう。喰らってみないことには分からないけど、そんな予感がする。

俺の中にある理性と本能が、攻撃を貰《もら》ってはダメだと叫んでいた。

幸い、ミノタウロスの攻撃はそこまで速くない。

アクションも大きく、攻撃動作が読み取り易い。ただ、一撃くらったら死んでしまう中で、奴の懐《ふところ》に飛び込んで攻撃できるかどうかが問題だった。

恐いものは恐い。

だけど、ここで怯んでいたらこの先俺は強いモンスターと戦えないだろう。ここはまだ序盤も序盤で、相手は階層主でもないんだ。

脅えるな、立ち向かえ。

こんなところで立ち止まっているわけにはいかないんだ！

「ブモオオオ！」

「ああああああああああ‼」

弱気な心を振り払うように大声を上げ、ミノタウロスに立ち向かっていく。

拳打を躱し、斬撃を繰り出す。奴の左肩が動くと同時に、バックステップをして身体をのけ反る。顔面スレスレで躱すと、体重を前にして踏み込み、フレイムソードで腹を突き刺した。

刺し口から鮮血が零《こぼ》れるが、剣は半分も埋まっていない。やはり筋肉も厚くて硬かった。

剣を抜き、一度下がろうとする俺を攻撃しようとしたが、その瞬間眉間に火矢を喰らってモーションがストップする。灯里が援護してくれたのだろう。彼女がいなかったらとっくのとうに死んでいる。本当に頼りになる味方だ。

「おおお‼」

「オオオ‼」

牛鬼の攻撃を躱し、肉を斬り、後退する。危なくなったら灯里の援護でタメを作る。

そんなヒットアンドアウェイを繰り返すが、いつ失敗するか分からない。まるで命綱のない渡り棒を歩かされている気分だった。ただその状況のお蔭でアドレナリンが出まくり、集中力が限界以上に引き出され、いつの間にかこの緊張感を楽しんでいる自分がいた。

(見える……こいつの動きや考えていることが分かる)

視界に映る風景は遮断《しゃだん》され、ミノタウロスだけに集中できていた。

一挙手一投足も見逃さず、なにをどんな風に攻撃してくるかまで先読みすることができる。

全能感に満ち溢《あふ》れ、身体が自分の意思とは関係なく勝手に動くのだ。だけどその動きは自分の考えているイメージ通りで、最適解な動きをしてくれている。

少し気持ち悪いけど、この感覚にずっと酔いしれていたいと思った。

「はぁ……はぁ……」

だけど、そんな都合のいい状態が長く続くわけがない。

一番初めに訪れたのは体力の限界だった。攻撃を察知して逃げようとした瞬間、足に力が入らず崩れてしまう。

なんで？　と疑問が浮かんでいる間にも、俺を殺そうと拳が飛んでくる。

「士郎さん！」

——ドンッと、鼓膜を揺るがす重い音が鳴り響いた。

俺は死ななかった。殴られる間際《まぎわ》に、五十嵐さんが守ってくれたからだ。彼女の顔は見えないけど、背中はいつものようにしゃんとしている。

彼女はタンクの攻撃アーツのシールドバッシュを放ち、ミノタウロスを弾き飛ばすと、

「すみません、お待たせしました」

「ああ、本当に待ってたよ。お蔭で助かった」

「ヒール！　ソニック！　プロテクション！」

切れていたバフスキルを、島田さんがもう一度かけてくれる。

俺は軽さを優先するために左腕のバックラーを外すと、五十嵐さんにこう告げる。

「勝つよ」

「はい」

「ブモオオオオオオオ‼」

大地を蹴り上げ、ミノタウロスが猛進してくる。

それを五十嵐さんが受け止め、俺と灯里が攻撃を再開した。だけどすぐに五十嵐さんの様子がおかしくなってくる。額《ひたい》から尋常じゃないほどの汗が滲《にじ》み、唇を強く噛《か》みしめている。

それは何かに耐え、必死に我慢しているようだった。

そんな苦しそうな顔を浮かべている五十嵐さんに、俺は腹の底から叫んだ。

「我慢しなくていい！　思いっきりやれ！」

「っ⁉」

「我慢するから辛《つら》いんだ！　ならもう全て曝《さら》け出しちまえ！」

「でも……それでは！」

「君がどんなに暴れても合わせてみせる！　俺は絶対に死なないから！」

ミノタウロスの横っ腹に斬撃を繰り出し、バックステップで彼女の横に戻ると、まだ躊躇《ためら》っている五十嵐さんに叫ぶ。

「俺を、俺達を信じてくれ……楓！」

「……分かりました、後悔しないでください！」

「望むところだ！」

挑発スキルを発動し、ミノタウロスに自分から突っ込む五十嵐さん。

そんな彼女に対し、牛鬼も負けじと拳撃のラッシュを撃ちこんだ。だけど彼女は一歩も引かず、打たれてもなお足を踏み込んだ。

「アハハ！　いい、イイ！　これが欲しかった、この痛みが欲しかった！」

「もっとだ！　もっといけるだろ⁉　自分を解放しろ！　楓ならやれる！」

「アハハハハハハハハハハハッ‼」

艶《つや》のある声音で狂笑《きょうしょう》する五十嵐さん。

嗤っている彼女の表情はとても綺麗《きれい》で、つい目を奪われそうになった。だけど立ち止まっていると邪魔だと言わんばかりにどつかれてしまうので、慌てて足を動かす。

ミノタウロスと五十嵐さんの両方に注意を割きながら、俺も必死に攻撃を与えていく。

「ブ……モォォォ」

押している。

ダメージの蓄積がやっと響いてきたのか、ミノタウロスの動きが鈍くなってきた。畳みかけるならここしかない！

いけると踏んだ俺は、灯里に向かって叫んだ。

「灯里ぃぃぃぃいいい！」

俺の意図が伝わり、灯里がフレイムアローを連発する。俺もフレイムソードを連続で放った。

ミノタウロスの全身が血塗《ちまみ》れになり、あと少しで押し切れるといったその時。

奴の視線が五十嵐さんから俺に向かい、両手を組んで叩きつけてくる。アーツを放った直後で回避はできない。

だけど俺には、頼れる仲間がいる。

「フレイムアロー！」

「プロバケイション！」

火矢が目に直撃し、挑発《プロバケイション》を浴びたミノタウロスは的を見失い、目の前の地面を砕いた。

俺は懐に飛び込んで胸に剣を突き刺し、腹に両手を添えて最後のMPを使用し魔術を発動する。

「ギガフレイム！」

「ブモオオオオオオ!!」

絶叫を上げるミノタウロスは豪火に焼かれ、ポリゴンとなって消滅する。残ったポリゴンは大きな魔石となってドロップした。

『レベルが上がりました』

機械染《じ》みたレベルアップの音声が、今に限っては勝利のファンファーレに聞こえた。

やっと倒せたことで安心すると、全身の力が抜けて崩れ落ちるようにへたり込んだ。

「士郎さーん！」

「うおっ」

疲れ切った俺に、灯里が抱きついてくる。勢いに負けて、二人で地面に寝転がった。

灯里は大丈夫？　怪我《けが》してない？　と凄く心配してくれているけど、正直言うと灯里のタックルが一番しんどいよ。

そんな俺達に近づき、島田さんがエリアヒールをかけてくれた。お蔭で少し身体が楽になる。

「いや～許斐君は凄かったね。後ろから見ていたけど、全部ギリギリで躱しててひやひやしちゃったよ。まるでアニメみたいで興奮したよ」

「本当そうだよ！　よくあんなことできたね」

「灯里や島田さんが守ってくれていたからだよ。それと……五十嵐さんもね」

口を閉じて黙っている彼女にそう告げると、彼女は口元を綻《ほころ》ばせながら、

「あら、楓と呼んでくれないんですか？」

「え？　あ～あれはその、勢いというかなんというか、無我夢中で言ったことなので、気にしないでくれると助かるな」

「無理です。名前で呼んでくれないと、これ以降はお返事しませんから」

「む～」

「ほらほら、呼んであげなよ」

笑顔で言う五十嵐さんに対し、灯里がむっとして島田さんは面白《おもしろ》そうに煽《あお》ってくる。

ちょっと苦手な雰囲気だったので、誤魔化《ごまか》すように話題を変えた。

「そ、そういえばレベルが上がったんだった。ちょっと確認するね」

「逃げましたね」

「逃げたね。そういえば僕もレベル上がったんだった」

「私も！」

「私も上がりましたね」

ということで、俺達は同時に「ステータスオープン」と唱えた。

許斐　士郎　コノミ　シロウ　26歳　男
レベル：16
職業：魔法剣士
SP：40
HP：210／330　MP：10／260
攻撃力：320
耐久力：270
敏　捷：270
知　力：250
精神力：300
幸　運：250
スキル：【体力増加1】【物理耐性2】【筋力増加1】【炎魔術3】【剣術3】【回避2】【気配探知2】【収納】【魔法剣1】【思考加速】

称号　【キングスレイヤー】

使用可能なＳＰ　40

取得可能スキル　消費ＳＰ
【体力増加２】　20
【炎魔術４】　40
【剣術４】　40
【魔法剣２】　20

あれ、おかしいな……。
スキル欄のところに、新しく【思考加速】というスキルが増えている。こんなスキル取った覚えないんだけどなぁ……と首を捻《ひね》りながらタッチして詳しく調べてみた。

思考加速
・モンスターと戦闘する時、思考能力が上がることがある。

う～ん、説明を読むとどうやら自分で発動するアクティブスキルではなく、【体力増加】のように常時発動するパッシブスキルだな。思考能力が上がる〝ことがある〟ってことは、ずっと発動しているわけでもないのか。

なんで急にスキルが発現したのか分からないけど、まあラッキーと思っておけばいいか。SP《スキルポイント》も少ないし、今は新しいスキルを取得しないでおこう。

「あっ見て！　虹だよ！」

「本当だ……」

「綺麗ですね」

突然灯里が空を指し、追いかけるように見上げると、雲の合間に虹がかかっていた。

いつの間にか空は晴れていて、光が差し込んでいる。ダンジョンの虹も現実世界と変わらず七色に煌《きら》めいていて、心を奪われてしまった。

「じゃあ、帰ろうか」

「「はい」」

心行くまで虹を堪能《たんのう》した後、自動ドアを見つけてギルドに帰還したのだった。

◇◆◇

ギルドに帰ってきた俺達は、大広間に戻り魔石を換金する。

ミノタウロスからドロップした中魔石は一つで十五万で買い取ってくれた。たったこれだけで約一か月分の給料が貰えるとなると、やっぱりダンジョンって儲《もう》かるなと実感する。他の小魔石を合わせると、全部で十七万円になった。

その四分の一は島田さんに渡し、残ったお金は冒険用の通帳に入れておく。

私服に着替え、装備一式をギルドに預けてエントランスに戻る。

灯里が皆でご飯を食べに行こうよと提案したが、島田さんは奥さんと約束があり、楓さんはこの後用事があるからと断られてしまう。残念だけど仕方ない、明後日《あさって》なら二人とも平気そうだから、明後日一緒に食べる約束をした。

因《ちな》みに、楓さんのことは名前呼びになってしまった。

いつも通りに五十嵐さんと名字で呼んだのだが、わざと無視をしてきて、どうしても名前で呼んでほしいと頼まれてしまい仕方なく名前で呼ぶことになってしまったのだ。

大人な雰囲気がある彼女にしては子供らしい一面を見られた気がする。

帰り際《ぎわ》、楓さんが灯里に耳打ちすると灯里は目を開いてビックリしていた。

その後灯里は楓さんをじっと見つめ、楓さんは不敵に微笑《ほほえ》んでいる。何を言ったのか気になって島田さんに話を振ってみたのだが、彼は「モテる男は辛いですねぇ」とにやつきながら頓珍漢なことを言っていた。

こうして見ると、楓さんはどこか吹っ切れたような気がする。

大人ぶるのをやめたというか、かしこまっているのが和らいだというか、初めて出会った時よりも雰囲気が明るくなった。やっぱりダンジョンでの出来事がきっかけなのだろうか。

なんにせよ、心を開いてくれて嬉しくない男はいないだろう。あまり甘えてこられるのも困るけど。

「あっ楓……」

「……」

解散しようとしたその時、楓さんの元パーティーメンバーと出くわしてしまう。

折角良い気分で終わろうとしていたのに最悪だ。また何か嫌味を言われる前に、俺は彼等から楓さんを遮《さえぎ》るように立ち位置を変えつつ、彼女に催促する。

「楓さん、行こうか」

「少しだけ、待っていただけますか」

「……分かった」

ずっと俯いていた昨日とは打って変わって、楓さんは強い表情を浮かべていた。彼女がそう言うなら、俺達は黙って見守っていよう。楓さんは元パーティーの人達と向き合うと、深く頭を下げた。

「皆さん、あの時のことは申し訳ありませんでした」

「えっ？」

突然頭を下げて謝罪する楓さんに、元パーティーの人達は戸惑ってしまう。そんな彼等に、楓さんはゆっくりと頭を上げると、こう告げた。

「あの時、ちゃんと謝っていませんでしたから。私のせいで皆に迷惑をかけてしまいました。本当にごめんなさい」

「もういいよ楓……私達も言い過ぎたところもあったし。ごめんね」

元パーティーの内の女性が気まずそうに謝ってくる。すると他のメンバーも、次々と申し訳なさそうに謝ってきた。

そんな中、楓さんに酷い言葉を浴びせた海斗という人は、視線を合わせないまま口を開く。

「さっきよ、飯を食ってる時に皆でお前のダンジョンライブを見てたんだ。そしたらよ、ミノタウロス相手に途中から案の定お前は暴走してやがった。あの時から何も変わってねぇなって呆れたよ」

「……」

「けどよ……そこで終わらなかった。あの時のように全滅しなかった。俺達と何が違うんだって思ったけど、分かりきってたんだよな。俺達はお前を見放したが、そこにいる奴等《やつら》は最後までお前に寄り添ってたんだ」

「海斗……」

海斗は楓さんをまっすぐに見つめると、柔らかい笑みを零しながらこう告げた。

「楓、良いパーティーに入ったな」

その言葉を聞いた楓さんは、俺達の方に顔を向けながら、かつての仲間達にこう言う。

「ええ、最高の仲間です」

「楓さん……」

楓さんの言葉に感動してしまう。なんだろう、彼女にそう言って貰えて、言葉にならないほどの嬉しさが込み上げてきた。

「はっ、言ってくれんじゃねぇか！　言っておくけどな、お前には負けねーからな」

「ええ、私も負けません。すぐに貴方《あなた》達を追い越してみせます」

「上等だよ。おい、帰ろうぜ」

「じゃあね楓、今度ご飯行こうね」

元パーティーの人達は楓さんに一言二言声をかけてから、ギルドを去っていった。

ふう……遭遇した時はどうなるかと心配したけど、丸く収まって良かったな。楓さんも、以前は友達だった彼等との拗《こじ》れた関係が解消されて、心に刺さった棘も取れたことだろう。

安堵《あんど》の息を漏《も》らしていると、灯里が楓さんに抱き付いた。

「最高の仲間だって。楓さんの口からそう言ってもらえて、なんか凄く嬉しい」

「本心ですよ、灯里さん」

「えへへ、頑張ろうね。あの人達にぎゃふんと言わせてやろう！」

「ええ、そのつもりです」

なんかいいな、こういうの。パーティーの結束というか、絆が深まった気がするよ。

そう思っていたのは俺だけではなく、島田さんもにこやかに微笑みながら、

「いいよね～、なんかこう絆が深まった感じがするよ。パーティーに入れてもらったばかりの僕が言うのもなんだけど」

「何言ってるんですか、島田さんも私達のパーティーですよ！」

「そうですよ。時間は関係ありません」

「うん、ありがとう」

灯里と楓さんからのフォローに、島田さんは嬉しそうに頷いたのだった。


それから解散した後、俺と灯里は寄り道せず帰宅する。

どこかで夜飯を食べて行こうかと聞いたのだが、彼女に自分が作るから大丈夫だと断られてしまう。灯里も疲れているから無理しなくてもいいよと伝えたのだが、頑《かたく》なに自分が作ると言って聞かなかった。まあ本人が作りたいというなら別にいいか。

俺的にも、お店の料理より灯里が作ってくれたご飯の方が美味しいし。

「美味《うま》い！　灯里はなんでも作れるな～、それに全部美味しいし」

「えへへ、おばあちゃんに色々仕込まれましたから」

今日のおかずは唐揚げと串カツにトマトサラダにおひたしと豚汁。

揚げ物は時間がかかると思っていたけど、事前に下準備をしてあったから揚げるだけだった。

そんな風に謙遜《けんそん》しているけど、それをできる高校生がこの世の中にどれくらいいるだろうか。

このおひたしや豚汁だって手間はかかるだろうし。

美少女女子高生にこんな美味しい料理を作ってもらえる俺ってもしかして日本一の幸せ者ではないかと思ってしまう。

「ごちそうさま！　いや～食った食った、もうお腹いっぱいだよ」

「ちょっと作り過ぎちゃいましたか？」

「全然平気だよ。なんか最近食欲が増えてるんだよな。身体の調子も良いし、きっと灯里の料理を食べてるお蔭かな」

「えへへ、そう言ってもらえると嬉しいです。そうだ、お風呂《ふろ》入れますから入ってください」

「うん、ありがとう」

何からなにまで甲斐甲斐《かいがい》しくしてくれる。

やばいな……もう一人の生活に戻れなくなる。いやいやいや、灯里は一時的に同居してるだけなんだから、いつかはこの家から出ていくんだ。あんまり甘えきってはダメだろ。自分ででできることは自分でやらないと。

「あぁあぁあぁあぁあぁあぁ」

湯船に浸かり、濁声《だみごえ》を発する。つい出てしまうのだけど、こういうところがおっさん臭いなと自分でも思う。だけど出ちゃうんだから仕方ないよね。

ダンジョンから戻ってくると身体の状態は戻っているけど、モンスターとの死闘で精神的なものはごっそりと抜け落ちている。それを温かい風呂に入ることで回復し、生き返った感じがする。

やっぱり日本人は風呂が大事だよなぁ。

「よく、勝ったよなぁ」

ミノタウロスとの戦いを振り返り、言葉が零れる。

本当にギリギリの戦いで、いつ死んでもおかしくなかった。まるで薄氷の上を駆け回り、生と死の境を行ったり来たりするような戦い。もう一度やれと言っても多分できないだろう。

灯里と楓さんと島田さん、みんなの力が合わさり歯車みたいに噛み合《あ》ったから倒せたんだ。

それと、全ての感覚が研ぎ澄まされたあの感覚。

あの状態にならなければミノタウロスの攻撃を躱し続けられなかっただろう。目に映るものがクリアになり、頭の中で次の行動を考えると同時に身体が勝手に動く奇妙な感覚。ミノタウロスの攻撃をも予測して、未来さえ見通せる気がした。

その時は無我夢中だったけど、今になって思い出すとあの感覚は凄く気持ちよかった。また成りたいと思うくらいに。

「なんか俺……性格も変わってきてないか？」

思い出してみれば、凄く恥ずかしいことを口走っていた気がする。

楓さんに対してもっと曝け出せと言ったり大声を上げたり、ダンジョンに入る前の俺では考えられない発言をしていた。

いや……言葉だけではなく行動もそうか。もしかして俺も、ダンジョン病になりかかってしまっているのかもしれない。気をつけなくちゃな。

「士郎さーん、湯加減どうですかー？」

「あ、ああ……いい感じだよ」

風呂の扉の奥から突然灯里に尋ねられ、動揺しながらも答える。

すると、信じられないことにガラガラと扉が開き、バスタオル一枚を巻いた灯里が入ってきた。

「うわあああああああ⁉」

つい絶叫を上げてしまった。タオル一枚で隠されている灯里の身体は線がくっきり見えてしまっている。白く透き通る肌が艶《なま》めかしく、目を奪われた。

って、俺は何をジロジロ見てるんだ！

顔を背《そむ》け、まだそこに立っている灯里に注意した。

「なんだよいきなり⁉　は、早く出ていくんだ！」

「士郎さんの背中を流してあげようと思ったんですけど、ダメですか？」

「ば、馬鹿なことを言うんじゃない！　大人をからかうなよ」

「もしダメって言ったら一緒にお風呂に入っちゃいますけど、それでもいいですか？」

な、なんて究極の二択なんだ！

というか灯里はいったい何を考えているんだ？　こんな大胆なことをするような女の子じゃなかったのに。彼女の悪戯《いたずら》に動揺していると、片足がちゃぽんと湯船に入ってきた。

「ほらほら～、早くしないと入っちゃいますよ～」

「分かった！　分かったからせめてタオルを一枚くれ！」

懇願すると、灯里はタオルを持ってきてくれる。それを腰に巻いて、俺は湯船の外に出て腰を下ろした。

「力加減はどうですか～？」

「うん……いい感じ。気持ちいいよ……」

結局断り切れず、背中を洗ってもらうことになってしまった。

ザラザラとした表面の泡がついたタオルで、背中をゴシゴシされる。本音を言ってしまうと、マジで気持ち良かった。自分で洗うには手が届かないところを摩《こす》ってもらうこともそうだけど、他人に洗ってもらうってこんなに気持ちいいものなんだな。

妹の夕菜《ゆうな》が幼稚園の時までは一緒に風呂に入ってやってもらったことがあるけど、力もまだなくて撫《な》でいてるような感覚だったし。まあ可愛い妹にやってもらっているだけで兄としては超嬉しかったけど。小学生になってからは一度も入ってなかったなぁ。まあ当たり前だけど。

「で、急にどうしたんだ？」

「何がですか？」

「いやいや、とぼけないでくれよ。急に背中を洗いたいなんておかしいじゃないか。なにか欲しいものでもあるのか？」

「やだなー、もう子供じゃないんだからそんな真似《まね》しないですよー。純粋に、今日頑張った士郎さんを労《ねぎら》いたいと思っただけです」

——本当にそうか？

そう尋ねると、灯里は口を閉じてぴとっと手を背中に当ててくる。黙っている彼女に「灯里？」と聞くと、彼女は静かに口を開いた。

「ごめんなさい。実はちょっと焦っちゃいました」

「焦る……？　何を焦るんだ？」

「ミノタウロスとの終盤戦、士郎さんと楓さんは息ピッタリで、ハマってるように見えました。言葉を交わさなくても考えが通じあっているように見えました。それが羨ましかったんです。士郎さんの隣で戦っている楓さんが羨ましかった。私は安全圏で攻撃しているだけだから……」

「灯里……」

「島田さんも凄いし、士郎さんもどんどん強くなってるし、私なんかいらないって、必要じゃないって思っちゃったんです」

最後の方は声が小さくなってギリギリ聞こえるようだった。

そうか……灯里はそういう風に考えていたのか。

そう言われると、帰宅してからの灯里の行動にも納得できる。疲れているから外食で済まそうと言っても自分で作るからと言うし、その後もかいがいしく世話をしてくれたり、風呂に入って背中を洗うなんて行動にも及んでしまったのだ。

灯里は弓術士で、剣士の俺とは距離が離れてしまっている。それを不安に感じてしまったのではないか。

だけどそれは、大きな間違いだ。俺は自分の気持ちを、はっきりと灯里に伝える。

「確かに楓さんとは最後の場面で噛み合った気がするよ。でもその前は、灯里と通じ合っていたと思う」

「えっ……」

「楓さんがいなくなって俺は一人になったけど、一人じゃなかった。灯里がいたんだよ。灯里がいるから恐くなかったし、ミノタウロスにも突っ込めたんだ。きっと守ってくれるって信じていたからできたんだ。灯里がいなかったら何回死んでいたか分からなかったよ。でも俺は、灯里がいるから無茶な真似もできた」

「そう……だったの？」

「そうさ。それに、援護が欲しいと思った時にドンピシャでやってくれた。まるで灯里と考えているることがリンクしているようだったよ」

「私も……士郎さんの考えがなんとなく分かった……と思う」

「だろ？　だからそんなことで焦らなくてもいいんだ。俺が背中を任せているのは、一番頼りにしているのは灯里なんだから」

そう告げると、灯里は少しの間言葉を発さなかった。

やがて彼女は「えへへ……」と嬉しそうに笑って、

「なんか、凄く嬉しいです。士郎さんにそう言ってもらえて、気持ちが晴れました」

「もっとちゃんと言っておけばよかったな。いつもありがとう、灯里」

「もう！　あんまり褒めないでくださいよ！　照れちゃいますから！　あっ、もう背中は終わったので次は前にいきますね！」

「いやいや、前は自分でやるから！」

「そんな遠慮しなくていいですから！」

灯里が俺の腕を引っ張って強引《ごういん》に振り向かせようとしてくる。

耐えようとして踏ん張ったのだが、意外と力強く負けてしまった。しかも踏ん張ってしまっていたせいで勢いがついてしまい、灯里を押し倒してしまった。

「「～～～～～!!」」

灯里の顔が目の前にある。風呂場にいるせいか分からないけど、頬が紅潮していた。しかも右手は大きな胸を押し付けてしまっている。初めて触った女性の胸は、タオル越しでも凄く柔らかかった。

「ご、ごめん！」

謝りながら慌てて立ち上がり、ガラララとドアを開けて這いずるように風呂場から出て、再びドアを閉めた。

ドアに背中をつけて、もう一度謝る。

「あ、灯里……ごめんよ。わざとじゃないんだ」

「はい……大丈夫です。私こそ、引っ張っちゃってごめんなさい。それよりも、背中流さなくていいんですか」

灯里の言う通り、洗っている途中で出てきてしまったから背中には泡がべったりついている。でも、心臓が破裂しそうなぐらいに鼓動している今の状態でもう一度風呂に入れるほどメンタルは強くない。

「今はタオルで拭《ふ》くよ。後でもう一度入るから大丈夫」

「そうですか……ごめんなさい」

「気にしなくていいよ。灯里はそのまま入ってて」

そう言うと、俺はタオルで自分の身体を拭く。

（やっちまった〜〜〜）

不可抗力とはいえ、女子高生の胸を触ってしまった。

罪悪感に、心の中で深いため息を吐《つ》いたのだった。

◇◆◇

「はぁ……疲れた」

士郎さん達と別れた後、私は寄り道をせず真っ直ぐに自宅に帰ってきた。

床に乱雑に置かれてある日用品を踏まないように移動し、倒れ込むように大きめなソファーに身を任せると、深いため息を吐く。

今日のダンジョン探索は心身共に疲れ果ててしまった。もうソファーから立ち上がりたくないぐらいに。

しかし、それとは別に興奮が冷めない。身体の内から、燃え上がるような熱が湧き上がっていた。それは恐《おそ》らく、士郎さんのせいだろう。

『我慢しなくていい！　思いっきりやれ！』

ミノタウロスと戦っていた時に、士郎さんが私に放った言葉がふと甦《よみがえ》る。彼の言葉に、私は心の底から救われたのだ。

昨日のダンジョン探索後、元パーティーであり、大学の友人である海斗達と再会した。それによって、私がダンジョン病を暴走させてしまい、彼等を殺してしまった最低な記憶が甦ってしまう。

二度とあんなことはしまいと、今日はなるべく興奮しないように気をつけながら戦っていた。

――それがいけなかったのだろう。

自分が気付かぬ間にストレスが溜《た》まり、ミノタウロスと戦った時に暴走してしまった。そして我を忘れ、私は士郎さんを突き飛ばしてしまったのだ。

またやってしまったと自己嫌悪に陥《おちい》り、私はミノタウロスの攻撃を受けて吹っ飛ばされてしまう。立つ気力が湧かないでいると、島田さんから声をかけられる。彼の言葉を聞いた私は、たった二人だけで必死にミノタウロスと戦っている士郎さんと灯里さんを見て、もう一度だけ立ち上がった。

だけど、すぐにダンジョン病が再発してしまいそうになる。我慢して苦しんでいる時、士郎さんが私にこう言ったのだ。

『我慢するから辛いんだ！　ならもう全て曝け出しちまえ！』

と。何を言っているんだこの人は？　と疑問を抱いたが、彼は続けて、

『君がどんなに暴れても合わせてみせる！　俺は絶対に死なないから！』

私は仲間に迷惑をかける自分自身が嫌だった。けど、士郎さんはそんな私を真っ直ぐに受け止めてくれた。その言葉に、私は鎖を取っ払い自らを解放する。

気持ち良かった。全力を出してしていいんだと分かったら、楽しくてしょうがなかった。無茶苦茶に戦う私に、士郎さんも全力で応《こた》えてくれた。それが心地よくて、まるで彼と私の思考が一体化しているようだった。

『俺を、俺達を信じてくれ……楓！』

その上、名前まで呼んでもらった。きっと士郎さんもテンションが上がってしまったのだろう。咄嗟に出てきてしまったんだと思う。けど、彼に名前を呼んでもらえることが嬉しかった。

「かっこ……よかったな」

口から吐息が漏れる。

今日の士郎さんは凄くかっこ良かった。いや、いつもかっこよくない訳ではない。普段の彼は優しくて、頼りになる素敵な人だ。ただ、どちらかといえば可愛い系かもしれない。

けれど、ミノタウロスと戦っている時の士郎さんは、なんというかこう俺様系というか、凄く男らしかった。覚悟を決めた顔、というんだろうか。

時々彼が見せるギャップに、私の心は舞い上がってしまう。そういうところが本当にズルいと思う。

「はぁ……これはもう重傷ですかね」

もう分かりきっていた答えだが、今日のことでさらに確信に至る。
ため息を吐く私は、身体の熱を冷まそうとシャワーを浴びに行くのだった。

＜スレッドタイトル【ＧＷも終盤！毎日灯里ちゃんで最高！】：

２：東京の名無しさん
スレ主さあ
お前ニートだろ

３：東京の名無しさん
スレなんて立てないで働け

４：東京の名無しさん
シローのパーティー全員毎日来てるけど
こいつらみんな働いてるんか？

５：東京の名無しさん
灯里ちゃん以外は働いてるやろな
でもいいなー毎日休みで
絶対ホワイトやん

６：東京の名無しさん
昨日雨凄かったな

７：東京の名無しさん
昨日はほとんどの冒険者も撤収してたし
イベントも中止してたな
土日は晴れてくれるといいんだが

８：東京の名無しさん
我等が刹那は関係ないと言わんばかりに潜ってたけどな
流石やで

９：東京の名無しさん
ワイも昨日は途中からダリアちゃん見てたわ

１０：東京の名無しさん
＞＞８
あいつほんまきしょいわｗ

１１：東京の名無しさん
日本で見れない時は海外見れるからな
マジでダンジョンライブは娯楽が尽きない

１２：東京の名無しさん
今日も天気悪いけど
灯里ちゃん来るかなー

１３：東京の名無しさん
早く来てくれー
灯里ちゃんが見たいんじゃー

１４：東京の名無しさん
今日はいつもより遅めだな

１５：東京の名無しさん
ワイは楓さんのイキ顔が見たいです

１６：東京の名無しさん
＞＞１３　１５
お前等……ちょっとはシローと島田も期待しろよ

１７：東京の名無しさん
早く早くー

１８：東京の名無しさん
＞＞１６
男にはそんな興味ないし

１９：東京の名無しさん
でも動画配信サイトの方だとシローと島田もそれなりに人気だよな
女受けも良いし、外人さんにも反応ええで

２０：東京の名無しさん
＞＞１９
ま？

２１：東京の名無しさん
＞＞１９
そんな……嘘だと言ってくれ

22：東京の名無しさん
きたーーーーーーーーーーーーーーーー!!

23：東京の名無しさん
キタアアアアアアアアアアアアアアアア

24：東京の名無しさん
待っとったでえええええええ

25：東京の名無しさん
灯里ちゃん大好き!
マジかわいい

26：東京の名無しさん
灯里ちゃんのおっぱいに顔を埋めたい

27：東京の名無しさん
やっぱり灯里ちゃん派が多いな
まあ楓さん普段は色気ないもんな

28：東京の名無しさん
もう灯里ちゃんだけ撮影しておけばええねん

29：東京の名無しさん
＞＞27
全身フルアーマーだから……

30：東京の名無しさん
ボアグリズリーさんちっすちっす

31：東京の名無しさん
あらためて見ると熊さんめちゃくちゃこえな
迫力満点だわ

32：東京の名無しさん
なんか楓さん動き固くない?

33：東京の名無しさん
どうした楓さん
大好きな攻撃なのに全然楽しそうじゃないぞ
もっとイキ狂ってくれよ

34：東京の名無しさん
シローが強いんやが

35：東京の名無しさん
シローどうした?
お前そんな強かったか?

36：東京の名無しさん
シローかっけえ!

37：東京の名無しさん
シロー無双ｗｗｗｗ

38：東京の名無しさん
マジでシローどしたん?
覚醒したか?

39：東京の名無しさん
灯里ちゃんも一人で熊倒しきったな
やっぱ灯里ちゃんもえぐいわ

40：東京の名無しさん
島田は今回はサポートに徹するのか?

41：東京の名無しさん
楓さん上の空やん
やっぱどこか調子悪いんかな

42：東京の名無しさん
あっ

43：東京の名無しさん
まぶしい!

44：東京の名無しさん
目が、目がああああああああああああああああ

45：東京の名無しさん
目がいかれてまう!!

46：東京の名無しさん
あぶねえ
失明するとこやった……

47：東京の名無しさん
上への階段か
またなんともラッキーやな

48：東京の名無しさん
探す手間が省けてよかったな

49：東京の名無しさん
えっ?
行かんの?

50：東京の名無しさん
おい島田!
余計なこと言ってんじゃねえ!　しばくぞ!

51：東京の名無しさん
みんな楓さんのこと心配してんな
やっぱ調子悪いんか

52：東京の名無しさん
お願いしますまだ帰らないでください
もっと灯里ちゃんが見たいです

53：東京の名無しさん
灯里ちゃんが遠慮してるのは珍しいな
逆に楓さんがイケイケなのも珍しいけど

54：東京の名無しさん
いいぞシロー!
よく言った!

55：東京の名無しさん
シローナイスフォロー!

56：東京の名無しさん
シロー達もついに九層か
次は階層主やんけ

57：東京の名無しさん
今日でボス戦まで行ってくれるかなー

98：東京の名無しさん
やっぱ楓さんアカンわ……めっちゃキツそう

99：東京の名無しさん
今日全然吠えてないしな
楽しむどころか苦しそう

100：東京の名無しさん
楓さんが足引っ張っとるやん
やばない?

101：東京の名無しさん
ソードタイガー恐いんですけど
あんなのと戦えんの?

102：東京の名無しさん
ドライノもイカついな
轢き殺されちゃう

103：東京の名無しさん
てかこれ地味にやばくない?
灯里ちゃんはスカイホーク担当だしシローはソードタイガーだし
サイとウマ２を一人で足止めするのは無理があるやろ

104：東京の名無しさん
ドライノとソードタイガーが一遍に出てくるのはずるい

105：東京の名無しさん
やっぱアタッカーもう一人欲しいな
ダンジョンの最適パーティー数が五人だし

106:東京の名無しさん
レベル差があったりユニークスキル持ちのエースアタッカーがいれば話が変わるんだけどな
このパーティーの要がタンクなだけにいつも戦闘がしんどいわ

107:東京の名無しさん
あっ!

108:東京の名無しさん
楓さんが馬に押し倒されちゃった!

109:東京の名無しさん
これガチでマズいんちゃう?

110:東京の名無しさん
うわっ……

111:東京の名無しさん
あかんて……

112:東京の名無しさん
思いっきり打ち上げられたよな
あれで死んでないとかどんだけ耐久にステ振ってんだよ

113:東京の名無しさん
灯里ちゃんヘルプミー!
このままじゃガチで楓さん死んじゃう!

114:東京の名無しさん
早く早く早く早く早く早く早く早く!!

115:東京の名無しさん
楓さああああああああああん

116:東京の名無しさん
本当に痛そう……

117:東京の名無しさん
よし! 間に合った!

118:東京の名無しさん
アカン、灯里ちゃんのパワーじゃ止まんねえぞ

119:東京の名無しさん
おいマジで楓さん死んじゃうって

120:東京の名無しさん
うるさいなー
いいじゃん別に死んだって
どうせ本当に死ぬわけじゃないんだし

121:東京の名無しさん
見たくねえわ……
ちょっとトイレ行ってこよ

122:東京の名無しさん
シローーーーーー!!

123:東京の名無しさん
お前なんだその動きは!?
アクション俳優かよ!?

124:東京の名無しさん
シロー△っす!

125:東京の名無しさん
ソードタイガーの股を潜りながら斬りやがったｗｗ
こいつやベーｗｗ

126:東京の名無しさん
そんなん絶対無理やろ……

127:東京の名無しさん
ギリギリセーフ!

128:東京の名無しさん
なんとか間に合った!
マジで危なかった!

129:東京の名無しさん
島田と灯里ちゃんもナイス援護や
二人がワイルドホース足止めしなかったらそっちに殺されてたし

130:東京の名無しさん
おい島田!
さっさと楓さんを回復せんかい!

131:東京の名無しさん
やっぱハイヒールの効果えぐいな
骨折とか治せるんだもん

132:東京の名無しさん
ハイヒールの上位魔術のエクスヒールなんか四肢すら完全復元するからな
マジで回復スキル重要だわ

133:東京の名無しさん
ただこのダンジョンは復活呪文系がないのがキツいよな
それさえあったらもう少し踏ん張れるのに

134:東京の名無しさん
マジでシローよくやったで
見直したわ

135:東京の名無しさん
>>133
ダンジョンで死んだら即行で現世に戻るからな
FPSみたいに死んでもその場で留まっている状態だったらリスポーンできるのに

136:東京の名無しさん
>>135
それはそれで恐くて嫌だけどな

137:東京の名無しさん
楓さんが死ななくてよかった

138:東京の名無しさん
あれ、楓さん死ななかったんだ

139:東京の名無しさん
>>138
おかえり

140:東京の名無しさん
>>138
ちゃんとクソ出してきたか?

141:東京の名無しさん
なんや今の叫び声……

142:東京の名無しさん
めっちゃ響いたな

143:東京の名無しさん
なんやなんや
また異形種か!?

144:東京の名無しさん
ミノさんや……

145:東京の名無しさん
うわ……最悪じゃん

146:東京の名無しさん
なにあのモンスター
初めて見たわ

147:東京の名無しさん
ワイも知ってはいたけど
ミノタウロス初めて見たわ

148:東京の名無しさん
滅多に出ないモンスターやからな
七層から九層でたまーに出る
出会った新人冒険者は大体死ぬ

149：東京の名無しさん
初心者キラー　十層の門番　黒の猛牛
ネット民に数々のかっこいいあだ名をつけられてるミノタウロスさんやんけ

150：東京の名無しさん
ゴブリンキングといいミノタウロスといい
シローもついてねえな

151：東京の名無しさん
楓さん調子悪いし終わっただろ

152：東京の名無しさん
さっき飯時で結界石使ったばかりだしな

153：東京の名無しさん
こいつ強いん？

154：東京の名無しさん
>>153
アホか。見た目で大体分かるだろ
激つよだわ
てかぼーっとしてないで早く逃げろよ

155：東京の名無しさん
逃げても無駄
牛の方が足速いし

156：東京の名無しさん
ミノタウロスのビジュアルってシンプルでかっこいいよな
目が赤く全身は真っ黒で角もかっこいいし
威圧感もあってモンスター感がある

157：東京の名無しさん
ミノさんはモンスターのイケメンランキングでも上位やからな

158：東京の名無しさん
シロー達戦うみたいだけど
これ勝てんの？

159：東京の名無しさん
勝てなくはない
シローと灯里ちゃんはやばいけど、楓さんと島田がいればいける
まあ楓さんの調子が悪いからなんとも言えんが

160：東京の名無しさん
全滅待ったなし！

161：東京の名無しさん
流石に今回は全員死んだやろーなぁ

162：東京の名無しさん
こえええええ
めっちゃ迫力あるわ

163：東京の名無しさん
楓さんよく耐えられるなぁ
あんなんもう軽トラに突っ込まれようなもんだろ

164：東京の名無しさん
全然効いてねぇｗｗ

165：東京の名無しさん
全然余裕じゃん
こんなん倒せねえだろ

166：東京の名無しさん
あかんわ

167：東京の名無しさん
楓さんの耐久力でもこれは流石に……

168：東京の名無しさん
島田がいるから平気だろ

169：東京の名無しさん
マジで島田がいて良かったな

170：東京の名無しさん
ミノタウロスさん
シローと灯里ちゃんの猛攻を無視ｗｗ

171：東京の名無しさん
こいつの防御力と耐久力どないなっとんねん
硬すぎやろ

172：東京の名無しさん
灯里ちゃーん!!

173：東京の名無しさん
やばいって

174：東京の名無しさん
灯里ちゃんヘイト取り過ぎだろ馬鹿なの？

175：東京の名無しさん
灯里ちゃん逃げてー！

176：東京の名無しさん
ナイスシロー！

177：東京の名無しさん
ナイスシローよくやった！

178：東京の名無しさん
ギガフレイムは結構効いてるっぽいな
もしかして炎系なら効果あるのか？

179：東京の名無しさん
避けろシロー！

180：東京の名無しさん
カーブした!?

181：東京の名無しさん
＞＞１７８
あいつ牛やもんな

182：東京の名無しさん
楓さん！

183：東京の名無しさん
あーあ

184：東京の名無しさん
交通事故ｗｗ

185：東京の名無しさん
破壊力あり過ぎだろｗｗ

186：東京の名無しさん
楓さんじゃなかったら二人共死んでたな

187：東京の名無しさん
ナイス島田！
お前ほんま良いタイミングやで！

188：東京の名無しさん
灯里ちゃんもいいフォローだな
でも気をつけないとまたヘイト取って狙われるぞ

189：東京の名無しさん
＞＞１８７
それがヒーラーのお仕事だから

190：東京の名無しさん
やっぱり楓さんは経験者やな
逆にシローと灯里ちゃんはもっと考えろよ

191：東京の名無しさん
島田もぽんぽんヒールし過ぎだよな
そんなんじゃMPなくなっちまうぞ
まあゲームみたいにステータスが見えないから仕方ない部分もあるけど

192：東京の名無しさん
>>190
まだ冒険者になって一か月の奴等なんだから大目に見てやれよ
お前でもできねえから

193：東京の名無しさん
楓さんが叫ぶなんて初めて見たわ

194：東京の名無しさん
楓さんめっちゃしんどそうやわ

195：東京の名無しさん
ミノタウロスさん強すぎない？
これ初心者じゃ絶対勝てないレベルじゃん

196：東京の名無しさん
せめて後もう一人魔術師のアタッカーがいればいけるんだけどな
シローと灯里ちゃんじゃ火力不足だわ

197：東京の名無しさん
皮は切れて血も出てるからダメージはちゃんと与えているはずなんだけどな
ミノさんが耐久力オバケだわ

198：東京の名無しさん
よくこんな化物相手と戦ってまだ生きてられるよな
普通だったら一人や二人死んでてもいいんだけど

199：東京の名無しさん
>>198
楓さんの立ち回りがいい
楓さんいなかったらシローはとっくに死んでる

200：東京の名無しさん
灯里ちゃんの嫌がらせ攻撃も地味に効いてる気がするけどな

201：東京の名無しさん
楓さんの安定感よ

202：東京の名無しさん
>>200
それな
タイミングが絶妙だわ
しかも外さずちゃんと当ててるし

203：東京の名無しさん
スレッスレの戦いだな
見ていて心臓に悪いわ

204：東京の名無しさん
あかん

205：東京の名無しさん
楓さんｗｗ

206：東京の名無しさん
きたあああああああああああああ！
楓さんのイキ顔が見れるぜえええええ

207：東京の名無しさん
楓さん調子上がってきたな
これで勝つる

208：東京の名無しさん
ワイはこれを待ってたんやあああああああああああああ!!

209：東京の名無しさん
【朗報】楓さん暴走

210：東京の名無しさん
やっぱ頭のネジいかれてるだろこの人

211：東京の名無しさん
いけいけー
やっちまえー

212：東京の名無しさん
いや、やっちゃダメだろ……タンクなんだからさ

213：東京の名無しさん
立ち回りぐっちゃぐっちゃじゃん
シローも灯里ちゃんもこれじゃあ攻撃できねえよ

214：東京の名無しさん
今日はいつもより激しいな

215：東京の名無しさん
イカれ具合が面白い通り越してヒクんやが

216：東京の名無しさん
あっ

217：東京の名無しさん
あっ

218：東京の名無しさん
うわっ

219：東京の名無しさん
楓さーーーーーん!!

220：東京の名無しさん
楓さん死んだ!?

221：東京の名無しさん
ほら言わんこっちゃない
タンクがアタッカー押しのけてどうすんだよ
自業自得だわ

222：東京の名無しさん
これシロー死んだろ

223：東京の名無しさん
楓さん死んだ？

224：東京の名無しさん
>>223
まだ生きてるっぽい

225：東京の名無しさん
島田早く楓さんをヒールしろや！

226：東京の名無しさん
マジで今のは心臓が縮んだわ
一種のホラーやろこれ

227：東京の名無しさん
楓さんじゃなかったら絶対死んでたろ

228：東京の名無しさん
シローよく躱せるなぁ

229：東京の名無しさん
お前なんでそんなに躱せるんや……

230：東京の名無しさん
シローが中々死なないんだが
期待してたのと違うんだが

231：東京の名無しさん
ふぁ!?

232：東京の名無しさん
あっぶねｗｗ
スレスレやんｗｗ

233：東京の名無しさん
焦ったーーーー

234：東京の名無しさん
見てるこっちの心臓が持たん

235：東京の名無しさん
おい……シロー躱すだけじゃなくて攻撃してるぞ

２３６：東京の名無しさん
なんで全部躱してんだよｗｗ
ふざけてるだろｗｗ

２３７：東京の名無しさん
シロー凄ない？
人間技じゃねーだろ

２３８：東京の名無しさん
おいおいシローどうしたんや
お前いつのまにそんな強くなってんだよ

２３９：東京の名無しさん
【悲報】シロー覚醒する

２４０：東京の名無しさん
いや、これ灯里ちゃんが本当にいいタイミングで邪魔してるからシローが戦えてるんだぞ
灯里ちゃんの援護のお蔭やろ
灯里ちゃんマジ天使

２４１：東京の名無しさん
愛しのシローに手を出させない灯里ちゃんマジつおい

２４２：東京の名無しさん
シローかっけえ!

２４３：東京の名無しさん
やっちまえシロー!!
お前ならやれる!

２４４：東京の名無しさん
楓さん何やってんだよ
もう治ってるだろ

２４５：東京の名無しさん
そういや楓さんと島田全然映んねーな

２４６：東京の名無しさん
楓さん早く来てえええええええええ
シロー死んじゃうよ!

２４７：東京の名無しさん
思ったんやがミノタウロスってパワーと体力にステ振ってるよな
だからシローでもギリギリ躱せるんだろ

２４８：東京の名無しさん
＞＞２４７
ほなお前はミノさんの攻撃躱せるんか？
できるようになってから言えよ

２４９：東京の名無しさん
楓さん早くーーーーー

２５０：東京の名無しさん
シロー、ミノさんの攻撃する前に回避行動してない？
俺の気の所為？

２５１：東京の名無しさん
＞＞２５０
気の所為じゃない
マジで今のシローはゾーン入ってる並みに動けてる

２５２：東京の名無しさん
シローの動きやばいわ

２５３：東京の名無しさん
＞＞２５１
ゾーンｗｗｗ

２５４：東京の名無しさん
あっ

２５５：東京の名無しさん
あ!!!!!!!!

２５６：東京の名無しさん
死んだ

257：東京の名無しさん
セーフ!!!!

258：東京の名無しさん
ナイス楓さん!
ほんまええところにくるやないか!

259：東京の名無しさん
楓さーん!
待ってましたよーーー!!

260：東京の名無しさん
かっけえええええ!

261：東京の名無しさん
お前はいつも来るのが遅いんだよ!

262：東京の名無しさん
遅いけど来たからよし!

263：東京の名無しさん
島田もきたな
お前今までなにしてたんや

264：東京の名無しさん
もうここまできたら勝っちまえ!

265：東京の名無しさん
ぶっ○せ!!

266：東京の名無しさん
お前どんだけＨＰあんだよ……

267：東京の名無しさん
楓さん汗凄い

268：東京の名無しさん
めっちゃきつそう

269：東京の名無しさん
シローなんか言ったぞ

270：東京の名無しさん
我慢するなってどういう意味だよ

271：東京の名無しさん
シローｗｗ

272：東京の名無しさん
目がおかしくなった
シローがかっこよく見える

273：東京の名無しさん
＞＞272
ワイもや……

274：東京の名無しさん
シローマジで主人公じゃん

275：東京の名無しさん
なんだか分からんがやっちまえ!!

276：東京の名無しさん
楓さんｗｗ

277：東京の名無しさん
ついにぶっ壊れたぞｗｗ

278：東京の名無しさん
シローもノリノリやんけｗ

279：東京の名無しさん
二人とも頭がイカれたぞｗｗ

280：東京の名無しさん
楓さん最高!!

281：東京の名無しさん
絶頂してるやんｗｗ

２８２：東京の名無しさん
イキ顔最高でえええええす!!

２８３：東京の名無しさん
でもこれさっきより暴れてるな

２８４：東京の名無しさん
シローよくこんな暴れてる楓さんに合わせられるな
お前ほんまにどうしたんや

２８５：東京の名無しさん
これいけるんじゃね？
ミノタウロスもへばってきたぞ

２８６：東京の名無しさん
いけるんか!?

２８７：東京の名無しさん
いっちまえ!!

２８８：東京の名無しさん
いけ!
押し切れる!

２８９：東京の名無しさん
あっ!

２９０：東京の名無しさん
シロー!!

２９１：東京の名無しさん
あっぶねｗｗ

２９２：東京の名無しさん
ナイスフォローや!

２９３：東京の名無しさん
ほんまにスレスレやんけ!
よく当たらなかったな

２９４：東京の名無しさん
この上ないタイミングのフレイムアローとプロバケイション

２９５：東京の名無しさん
勝ったろ!?

２９６：東京の名無しさん
まだ死なないのかよどんだけＨＰあんねん!
さっさと死ねや!

２９７：東京の名無しさん
出たｗｗ

２９８：東京の名無しさん
きたーーーーーーー!!
シロー必殺技の至近距離ギガフレイムｗｗ

２９９：東京の名無しさん
いったか？

３００：東京の名無しさん
やったか？

３０１：東京の名無しさん
＞＞２９９　３００
フラグを立てるなｗｗ

３０２：東京の名無しさん
お願いだから死んでくれえええええ

３０３：東京の名無しさん
いったああああああああああああああああ!!

３０４：東京の名無しさん
勝ったあああああああああああああああああああああああああああああ
ああああああああああああああああああああああああああああ!!

３０５：東京の名無しさん
しゃああああああああああああああああああ!!

３０６：東京の名無しさん
オッケーイ!!

３０７：東京の名無しさん
マジで勝ちやがったｗｗ

３０８：東京の名無しさん
大金星や!!

３０９：東京の名無しさん
【朗報】楓さん戦犯ではなくなる

３１０：東京の名無しさん
見ててめっちゃ興奮したわ

３１１：東京の名無しさん
叫んだら隣の部屋から壁ドンされた……

３１２：東京の名無しさん
マジで面白かった

３１３：東京の名無しさん
みんな乙やで

３１４：東京の名無しさん
ハラハラしたわー

３１５：東京の名無しさん
久々に吠えたわ
生配信ってホントにいいな

３１６：東京の名無しさん
配信の方もめっちゃ盛り上がってるな

３１７：東京の名無しさん
＞＞３１６
とくに外人さんが盛り上がってるよな
なんであいつら自国の冒険者見てないんだよｗｗ

３１８：東京の名無しさん
ダンジョンライブ本当最高
こんなスリルのある戦い生で見れるとか昔だったらできなかったな

３１９：東京の名無しさん
久々に絶頂もんの戦いだったわ

３２０：東京の名無しさん
＞＞３１７
あいつらも灯里ちゃん目当てや
Ｄ・Ｉも人気だけど、新星のアイドル灯里ちゃんのファンなんや
楓さん目当てもそこそこいるけど、やっぱり灯里ちゃんこそ大正義や

３２１：東京の名無しさん
灯里ちゃん可愛い上におっぱいも大きい稀有な美少女だしな

３２２：東京の名無しさん
そこそこの冒険者になると安全マージン取って魔石だけ荒稼ぎしてギリギリの戦いしなくなるからな
初心者は強敵に会ったら即行で死ぬから楽しくないし
シローのパーティーは楓さんと島田がいるからギリギリの戦いを楽しめる

３２３：東京の名無しさん
灯里ちゃん……それはダメだって前にも言ったやろｗ

３２４：東京の名無しさん
実は灯里ちゃんシローのこと〇そうとしてるだろｗｗ

３２５：東京の名無しさん
灯里ちゃん可愛いんじゃああ

３２６：東京の名無しさん
楓さんｗｗ

３２７：東京の名無しさん
完堕ちしたな……ｗｗ

３２８：東京の名無しさん
ワイの楓さんがあああああああああああああ!!

３２９：東京の名無しさん
シロー天然たらしやん

３３０：東京の名無しさん
楓さんめっちゃ良い顔してるわ
これはメスの顔ですね

３３１：東京の名無しさん
＞＞３２９
天然たらし＝唐変木という

３３２：東京の名無しさん
楓さんがデレたｗｗ

３３３：東京の名無しさん
灯里ちゃんピンチ!!
正妻戦争勃発!!

３３４：東京の名無しさん
逃げたｗｗ

３３５：東京の名無しさん
こいつ逃げやがったｗｗ

３３６：東京の名無しさん
おいシロー!
さっきまでは男らしかったのになんや今のは!
男だったらはっきりしろや!

３３７：東京の名無しさん
虹?

３３８：東京の名無しさん
ほんまやｗ
虹やｗ

３３９：東京の名無しさん
ダンジョンでも虹出るんだな
初めて見たわ

３４０：東京の名無しさん
綺麗やな
現実世界とリンクしてるのか

３４１：東京の名無しさん
今日はもう終わりか

３４２：東京の名無しさん
楽しませてもらったで

３４３：東京の名無しさん
明日も待ってるよ!

３４４：東京の名無しさん
マジでこのパーティー好きやわ

３５８：東京の名無しさん
いやー今日のライブは震えたわ
ＭＶＰはやっぱシローか?

３５９：東京の名無しさん
いや、灯里ちゃんやろ
簡単そうに見えるけど、あれ難しいからな?

３６０：東京の名無しさん
灯里ちゃんのヘイト管理とミノさんの攻撃を阻害する地味ながら絶妙な嫌がらせ
ほんまにハンターや

３６１：東京の名無しさん
灯里ちゃんって普段は明るくて笑顔でめちゃくちゃ可愛いけど
戦ってる時レイ〇目っていうか殺人者の顔してるよな

３６２：東京の名無しさん
いやシローも中々やったけどな
あいつ結局一撃も喰らってねーぞ

３６３：東京の名無しさん
島田は終始サポートやったな

３６４：東京の名無しさん
＞＞３６２
シローは結構ヤバい瞬間はあっただろ
灯里ちゃんや楓さんのファインプレーがなかったら死んでたわ

３６５：東京の名無しさん
島田が死んだらアウトだからな
あいつのバフとヒールがなかったら無理だわ

３６６：東京の名無しさん
楓さんはレベル差でゴリ押しした感じだし
シローは何回か危ないところあったし
島田は島田だし
やっぱＭＶＰは灯里ちゃんやな

３６７：東京の名無しさん
みんなＭＶＰでいいじゃないか
本当によくやったよ

３６８：東京の名無しさん
次こそ階層主か？

３６９：東京の名無しさん
十層の階層主ってオーガだよな
このパーティーで勝てる？

３７０：東京の名無しさん
オーガはレベル１５が五人いればいけるからな
事故るのが恐くて安定クリアを目指すならレベル２０は欲しいけど

３７１：東京の名無しさん
シローパーティーなら多分いけるだろ
ぶっちゃけオーガよりミノさんの方が強い疑惑出てるし

３７２：東京の名無しさん
ミノタウロスは体力と攻撃にステ振ってるけど
オーガはバランスもいいよな
知能もあるから格闘家っぽい動きとかするし

３７３：東京の名無しさん
いやー階層主戦も楽しみだわ
絶対見なきゃ

３７４：東京の名無しさん
それにしてもハイペースだよな
基本土日しか潜ってないのにもう十層だぜ

３７５：東京の名無しさん
シローと灯里ちゃんは楓さんにパワーレベリングしてもらってるからな
ズルいといえばズルいし

３７６：東京の名無しさん
でも楓さんを仲間に入れたシローの力だよな
ってか楓さんもかなりの地雷だったし

３７７：東京の名無しさん
島田も地雷だったしな

３７８：東京の名無しさん
シローと灯里ちゃんはよく二人も地雷を抱えようと思ったよな
強いけど結構キツいぞ

３７９：東京の名無しさん
明日明後日は土日だし
一日中灯里ちゃんにかじりついてよ

３８０：東京の名無しさん
締めの日曜はアルバトロスのイベントだしな
楽しみやわ

３８１：東京の名無しさん
ホンマに楽しかったわ

第五章　階層主

「「……」」

ガタンゴトンと電車が揺れる。その振動で俺《おれ》と灯里《あかり》の肩がくっついては離れる。

俺達の間に言葉はない。どちらからも話さず、黙って揺られていた。

昨日あんなことがあってから、灯里と少しギクシャクしてしまっている。

別に話さないわけではないんだ。あの後も言葉を交わしたし、夜が明けて朝がきて、ご飯を食べている時も普段通りに会話した。だけどどこか普段通りではないと感じてもいる。

多分、ちゃんと顔を見て話せていないからだろう。なんかこっ恥ずかしくて、灯里の顔が見られないでいた。

意識してしまうと、心臓の音が五月蠅《うるさ》いほど緊張してしまう。

（こんなんじゃダメだ……切り替えよう）

今日は階層主と戦うかもしれない。

こんな浮ついた気持ちでは力は発揮できず、下手《へた》こいて死んでしまうだろう。

俺は心の中で深呼吸を繰り返すと、神経を研ぎ澄ますのだった。

GW六日目の土曜日。

休日も残すところ二日となり、さらに土曜日だからか東京タワーの周辺は多くの人でごった返していた。今日明日と、ギルドは先週の土日のようにイベントを開催するらしい。まともに歩けないぐらい人が多いのはそのためだろう。

「大丈夫か？」

「はい、大丈夫です」

心配して声をかけると、灯里は小さい声音で返事をした。まだ少しぎこちないけど、まぁモンスターと戦っていればいつも通りになるだろう。

そんな風に楽観視している時だった。

突然マイクを持った女性に声をかけられてしまう。

「さぁさぁGWも残り僅《わず》かとなってしまいましたが、ここ東京タワーにありますギルドはお客で賑《にぎ》わっております！　ギルドでは明日にかけてイベントが盛り沢山《たくさん》で、それを目当てに多くの人がやってきています。外国の人もかなりいらっしゃいますね。少し話を聞いてみましょう。あっ！　そこのお二人、ちょっとお話よろしいですか⁉」

「えっ、あっはい」

「お二人はカップルで来られたのですか？　何のイベントが楽しみですか」

「えっ……いや、その」

女性は多分アナウンサーかなにかだろう。側には大きなカメラを背負ったカメラマンらしき人物もいる。

マイクを向けられてコメントを求められてしまい、激しく動揺してしまう。

っていうか、俺と灯里はカップルじゃないだけど。

まずそれを訂正しようとしたら、灯里が先に応《こた》えてしまう。

「私達は冒険者で、パーティーなんです。今日はダンジョンを探索しに来ました」

「なんと⁉　お二人は冒険者様でしたか。もしかして名だたる冒険者様だったり？」

「そんな、私達はつい最近冒険者になったばかりの新人ですから」

「そうでしたか！　では本日の探索頑張ってくださいね！　ありがとうございました！」

ガッツポーズをして労《ねぎら》ってくれた女性アナウンサーは、俺達に背を向けると通行人に質問を繰り返していた。お仕事頑張ってんなぁと感心してしまう。

あれ？　もしかしてこれテレビか何かに使われてしまうのだろうか。うわ……今になって恥ずかくなってきたぞ。

「士郎《しろう》さん行こ」

「あ、うん」

灯里に腕を引かれ、歩みを始める。

（俺、灯里といてもカップルに見えるのか）

他人の目からそう思われていることに少しだけ嬉《うれ》しくなると同時に、俺なんかとカップルに間違われてしまった灯里に申し訳なく思ってしまった。

ギルドの中に入ると、エントランスの中も多くの冒険者で賑わっていた。過去一の動員数かもしれない。これは楓《かえで》さんと島田《しまだ》さんを見つけるのも苦労するぞと思っていたら、案外早く楓さんを見つけられた。

「おはよう」

「おはよ、楓さん」

「おはようございます……お二人とも、何かありました？」

「え!?　何が!?」

「いえ……いつもと雰囲気が違うといいますか……」

「き、気のせいだよ！　なぁ灯里？」

「う、うん！」

俺と灯里が慌《あわ》てて言うと、楓さんとは「そうですか……」と怪訝《けげん》そうな顔を浮かべる。

やっぱり彼女は鋭いな。誤魔化《ごまか》すように島田さんを探そうと告げ、三人でエントランスを見回す。すると灯里が見つけたのか、「こっちこっち」と手を上げて島田さんを呼んだ。

「いやー、今日は人が多いですね。やっぱり土曜日だからかな？」

「なので早く行きましょう。このままでは一時間待ちもあり得ます」

楓さんに促され、俺達は大広間に向かう。彼女の想像通り、ダンジョンへの通路は行列で埋まっていた。

急げ急げと俺達はすぐに装備を受け取り、着替えて列に並ぶ。自動ドアの前にたどり着いたのは並んでから二十分も経《た》ってからだった。

「行こう」

四人で自動ドアに入り、俺達はダンジョンに入ったのだった。

◇◆◇

やってきたのは九層。

午前中はモンスターと戦って肩慣らししつつ十層への階段を見つけることにしている。

「オーク2、ボアグリズリー1、レッドコング1、灯里さんはオークを、許斐《このみ》さんはレッドコングをお願いします！　島田さんも灯里さんの援護を！」

「「了解！」」

「ソニック、プロテクション」

楓さんが指示を出しながら挑発スキルを発動し、島田さんが全体にバフスキルをかける。

灯里はオークを狙《ねら》って矢を放ち、俺はレッドコングに向かって駆け出した。

「ウホウホ！」

「はあああ！」

レッドコングのラリアットを頭を屈《かが》めて回避し、下から斬り上げる。鮮血が飛び散るが、浅かった。攻撃を受けたことで怒ったレッドコングの毛が赤く染まり、雄叫《おたけ》びを上げながら拳《こぶし》を振るってくる。

それを左腕に纏《まと》っているバックラーで斜めから受け流すと、流れに逆らわず身体《からだ》を回転させながら首筋を斬りつけた。

おお……回転を加えると威力も上がるんだな。その分視界が動くから命中させるのは難しいだろうけど。

悲鳴を上げるレッドコングの背中に剣を突き刺すと、ポリゴンとなって消滅する。

今のはかなり上手《うま》くいったと自分でも思う。

ダンジョンを訪れてから何度か戦闘を繰り返しているが、自分の思う通りに身体が動く。それに、モンスターの動きや攻撃がなんとなく分かってしまうのだ。

ステータスは昨日と大して変わっていない。ミノタウロスとの死闘を乗り越えたことによって俺自身が急激に強くなったか、それとも新しく取得されていた【思考加速】スキルのお蔭か。

なんにせよ、強くなることは万々歳《ばんばんざい》だ。

振り返ると、灯里と島田さんが二体のオークを倒していた。武器《デスサイス》を出しているから、島田さんも戦闘に加わっていたのか。まぁあの人、ヒーラーなのに俺よりも攻撃力高いしな。本人は武器の性能だと言っていたけど。

楓さんが引き付けているボアグリズリーに俺と灯里が参戦し、危なげなく倒す。

灯里との連携も最初はどうなることかとひやひやしていたけど、いざ戦いが始まってしまえばなんてことはなく、普段通りに戦えた。

少し意識しながら戦ったが、やっぱり灯里の援護のタイミングは絶妙だった。欲しい時に矢が飛んでくる。元から弓矢の技術は凄《すご》かったけど、弓術士としての戦い方も板についてきた気がする。

俺が言うのもなんだけど。

午前中では十層への階段を見つけられず、俺達は昼休憩を取った。

その後も中々見つけられないでいたが、ようやく階段を見つける。

「HPとMPを全快にしておきましょう」

「了解です」

楓さんの提案で、収納からポーションとマジックポーションを取り出してみんなで飲む。

マジックポーションはMPを回復させるためのポーションで、普通のポーションより高い。

なのでボス戦の時に使われることが多かった。

「よし、行こう！」

気合を入れた俺達は、ついに十層への足を踏み入れたのだった。

◇◆◇

階層主がいる十階層は、今までのような広大なステージではなく広い大部屋の仕組みになっている。十層の場合は、木の壁に覆《おお》われ雑草が生い茂り、天井《てんじょう》が開いて空が見えるような内装だ。

そしてボスは大鬼《オーガ》。ゴブリンから派生した上位種だ。

外見は人間とほぼ変わらないけど、体色は緑色で額《ひたい》から角が生え、下の犬歯が鋭く伸びている。まさに鬼といった風貌《ふうぼう》だ。

ボスは冒険者がステージに入った瞬間、ポリゴンからポップする仕組みになっている。

そのはず……なんだけど、どうにも様子がおかしい。

まず部屋は石の壁に覆われ、天井も塞《ふさ》がれている。至るところに松明《たいまつ》が設置されているから暗くはないのだが、逆に不気味な雰囲気が醸《かも》し出されていた。

まるで神殿のような内装になっている。

「ここ……どこ？」

「十層だよな？」

俺と灯里が疑問げに呟《つぶや》くと、楓さんが怪訝そうに口を開く。

「分かりません……本来の十層ではないようです」

「じゃあ、ここは十層じゃないのかもしれないのかい？」

「ナンダ、キサマラ」

「「――っ⁉」」

周りを見渡していた島田さんが質問した後、奥の方から野太い声が聞こえた。

驚いて声がした方へ視線を向けると、暗かった場所に突如松明が灯《とも》る。

そこには、オーガであろうモンスターが横に寝転がっていた。

（なんだ……あいつ……）

座っているオーガを見て疑問を抱く。

まず第一にオーガはポリゴンとなってポップされる仕組みになっているはずなのに、最初からそこにいるようだった。しかも見た目はダンジョン動画で見た姿とは少し違っていて、あちこちに傷があり、左目にも縦の切り傷があって潰《つぶ》れている。

そんなオーガが、休日のおっさんの如《ごと》く寝転がっている。モンスターというよりも、どこか人間じみていた。

いや……それよりも今……喋《しゃべ》らなかったか？

「ニンゲンカ、ヒサシイナ」

「――⁉」

喋った⁉　本当に喋ったのか⁉　それも日本語に聞こえたぞ、カタコトだけど。

「ねえ、今喋ったよね……」

「ええ……聞き間違いではないようです。確かに日本語を喋りました」

「モンスターって喋ったりしたっけ……？」

「いえ……今までモンスターが言葉を話したことは確認されておりません」

「じゃあ……あれはいったい――」

話を続けようとしたら、オーガがのそりと起き上がり、よっこらせと重そうに立ち上がると、ゴキゴキと首を鳴らした。人間のおっさんじみたその行動に驚いて固まっていると、オーガは再び口を開く。

「ダレノシワザカシランガ、カンシャスル。クチテシヌマエニ、センシトシテタタカエル」

「貴方《あなた》は誰《だれ》ですか。私の言葉が分かりますか」

俺達の中で一番冷静でいられた楓さんがオーガに対話を求めようとしたが、奴《やつ》は質問を無視し表情を強張《こわば》らせる。

オーガの雰囲気が一変し、その身から凄《すさ》まじい殺気が放たれた。殺気を浴びた俺達は全身が硬直し、恐怖に身体を震わせた。

そんな中、オーガが再び言葉を発する。

「死アオウゾ」

刹那《せつな》、ドッと地を蹴《け》って接近してくる。いきなり戦闘に発展し慌てふためく中、動き出したのは楓さんだった。彼女はプロバケイションとファイティングスピリットを発動すると、自分からオーガに向かっていく。

放たれる拳撃を大盾《おおたて》で防ぎながら、大声を発した。

「考えるのは後です！　今は戦うことに集中してください！」

彼女の言葉でハッとする。

そうだ……突然の事態に混乱するのは仕方ないけど、いつまでもぼーっとしていられない。そう考えているのは灯里と島田さんも同じで、すぐに戦闘態勢に入った。

「ソニック、プロテクション！」

「フレイムアロー！」

島田さんがバフスキルを発動し、灯里が火矢を放つ。飛来する火矢をいとも簡単に躱《かわ》すと、オーガは身体を翻《ひるがえ》して灯里へ走った。そうはさせないと、俺は進路に割り込みオーガを迎え撃つ。

立ち止まったオーガはジャブを撃ってくる。ファラビーよりも疾《はや》く鋭いジャブに回避なんてできずバックラーを掲げて防ぐので精一杯だった。

（重いっ！）

ゴブリンキングほどのパワーはないけど、一撃一撃が重く身体の芯《しん》を震わせるような威力だった。こんなのまともに喰《く》らったら、楓さん以外は一発でノックアウトされてしまうだろう。反撃の手が出ないが、俺には仲間がいる。

「パワーアロー！」

「シールドバッシュ！」

大盾のタックルと豪矢を喰らったオーガは衝撃によってよろめく。その隙《すき》を見逃さまいとパワースラッシュを放つが、身体を半身にして躱されてしまった。

くっ……アーツの無駄打ちになってしまった。MPを無駄にしないためにもアーツは慎重に使わなければならない。だから通常攻撃の斬撃を与えるが、俺の攻撃は全《すべ》て躱さてれしまう。

（くそっ当たらない！）

「イイウデダ。ダガ、モノタリン」

オーガの右ストレートをバックラーで受け止めた俺は衝撃に耐えきれず後ろに倒れそうになってしまう。その隙を見逃さず追撃してこようとするオーガに灯里がパワーアローを放つが、オーガは裏拳を放ち手の甲で弾《はじ》き飛ばした。

俺との戦いを邪魔してくる灯里を煩《わずら》わしくなったのか、オーガは落ちている石を適当に拾って灯里に投げつける。まるで散弾のように疾く広範囲にばら撒《ま》かれた石を避けきれず、打ちつけられてしまった。

「痛っづ！」

「灯里⁉」

「ヨソ見ヲシテイルバアイカ」

「かはっ！」

悲鳴に釣られ余所見《よそみ》をしている間に肉薄され、腹に拳打《けんだ》を叩《たた》き込《こ》まれる。

身体がくの字になり、ボキっと嫌な音が鳴った。腹から無理矢理空気を吐き出される。

痛いなんて思考すらできず膝《ひざ》をつこうする俺にトドメを刺そうとオーガが両手を振り上げた。

「シールドバッシュ！」

「ハイヒール！」

間一髪楓さんの盾がオーガの身体をぶつけ飛ばし、島田さんが俺を回復してくれる。

お蔭で痛みもなくなり折れたであろう骨も治った。島田さんがいてくれて本当に助かった。

俺はオーガの猛攻を防いでいる楓さんを見ながら、島田さんに確認する。

「島田さん、灯里は⁉」

「大丈夫だよ！」

「ごめん！　もう平気だから！」

灯里の声が聞こえ、無事を確認して安堵《あんど》の息を吐《つ》いた俺は楓さんを助太刀するために駆け出す。楓さんはオーガと互角にやり合っていた。やっぱりこの人すげーと感心しながら、攻撃に加わる。

だが、俺と灯里が攻撃しても全く有効打を与えられない。それどころか、反撃を喰らってこちらが大ダメージを負ってしまう。俺も灯里も、ダメージを負うごとに島田さんに回復してもらい、戦線に復帰するというサイクルになっていた。

その繰り返しをしている最中だった。

突然オーガは屈伸すると、俺と楓さんを飛び越えるほどの大ジャンプをする。地面に着地したオーガは、一目散に島田さんへ突進する。

「まずい！」

「島田さん！」

奴の狙いが分かり焦《あせ》った。パーティーの回復要員である島田さんを先に倒そうという魂胆なのだろう。俺と楓さんはすぐに反転して追いかける。だけど距離が離れていて間に合わない。

今になって気付いたのだが、オーガは前衛と後衛を分断するように下がりながら戦う立ち回りをしていたのだ。だからこんなに距離が離れてしまっている。

灯里が必死に連射をしているが、肩や腕に矢が刺さってもオーガは意に介さず突き進む。

ついにオーガが島田さんのすぐ目の前までたどり着く。そんなオーガに対し、島田さんはデスサイスを手にして応戦しようとする。

(そうだ、島田さんはただのヒーラーじゃない！)

彼はヒーラーでも戦えるヒーラーだ。それも、俺よりも攻撃力が優れている。モンスターにだって後れを取らない。彼ならばオーガにだってそう易々《やすやす》とやられはしないだろう。

そんな俺の安直な考えは、一瞬で粉々に打ち砕かれる。

「はぁ！」

「タンジュンダナ」

島田さんの渾身《こんしん》の斬撃を屈《かが》むことで紙一重で躱すと、間髪入れずに彼の胸部を蹴り上げた。

島田さんは漫画のように吹っ飛ばされると、ドンと壁に叩きつけられてしまう。

「島田さん！」

「灯里さん！　今すぐ島田さんにハイポーションを飲ませてください！　飲めなかったらぶっかけてください！」

「は、はい！」

楓さんの指示で灯里が急いで島田さんのところへ向かう。オーガも向かおうとしたが、追いついた俺と楓さんが阻止した。

この野郎……行動が普通のモンスターと違い過ぎるだろ⁉

戦い方といい、回復要員である島田さんをターゲットにすることといい、今までのモンスターの行動から逸脱し過ぎているじゃないか。まるで幾つもの死闘を潜《くぐ》り抜けてきた武人と戦っているようにすら感じてしまう。

異常種のゴブリンキングやミノタウロスは、もっと獣がするような動きというか、プログラムに沿った戦い方をしていた。

いや……そのモンスターだけではなく、ダンジョンライブで見たことがある全てのモンスターが〝そういう風に戦っている〟。時には突飛な攻撃や予想外の攻撃もしてくるだろう。だけどそれはモンスターに組み込まれた行動みたいなのであって、プログラムの範疇《はんちゅう》にあるように感じられた。

だけどこのオーガは違う。

人語を喋れることもそうだが、戦い方がどうにも人間臭いのだ。器用に躱したり受け流したり、こちらのウイークポイントを突いてきたり、人間がするような行動を取っている。

他《ほか》のモンスターとは違い、〝明確な自我があるように感じられた〟。

多分、そのことは楓さんも薄々感じているのだろう。

彼女はさっきからずっと、プロバケイションを使っていない。使っても敵意《ヘイト》を取れないと分かっているからだ。

「集中してください許斐さん！　島田さんがいない今、倒れたら回復は望めません！　それに二人がかりで抑えなければ、こいつはすぐにでも灯里さんを殺しにいきますよ！」

「っ⁉」

「ホウ、キヅイテイタカ」

楓さんに叱咤《しった》され、はっとする。

そうだ、ごちゃごちゃと考えている場合じゃなかった。俺が戦線離脱したら、奴は次に灯里を狙うだろう。それから、攻撃力がない楓さんをじっくりと料理するかのように嬲《なぶ》り殺すのだ。島田さんが回復するまでは俺達が必死に食い止めなければならない。

(集中しろ)

ミノタウロスと戦った時を思い出せ。次の一手が何もかも分かるあの感覚に嵌《はま》りさえすれば、オーガとも渡り合えるはずだ。

全神経を研ぎ澄ませ。奴の一挙手一投足を見逃すな。

楓さんが前に出て、オーガの打撃を受け止める。後ろから横に飛び出し、剣を振り上げる。攻撃を察知したオーガが一歩下がるが、俺は剣を振るわず踏み込み刺突を繰り出した。直撃はしなかったが、オーガの脇腹《わきばら》を掠《かす》めて緑色の血が飛び散った。

「ホウ!」

「楓さん!」

獰猛《どうもう》な笑みを浮かべたオーガが回し蹴りを放ってくる。位置を交換した楓さんが大盾で受け止めると、俺は再び飛び出してフレイムソードを繰り出した。片足を上げていて体勢が悪いため、回避されることなくヒットする。

初めての有効打に、苦悶《くもん》の表情を浮かべるオーガ。

いける！　このまま押し切れる！

そう思って追撃しようとしたが、オーガは大きく後ろに後退した。灯里がいる方とは逆方向のため、無理して攻撃に行こうとはしない。それも作戦かもしれないからな。

「ダメ！　島田さん起きないよ！」

「息はしていますか⁉」

「うん！　呼吸はある！」

「灯里さんはその場から動かずオーガに備えてください！」

灯里がハイポーションをかけても、島田さんは意識を取り戻さなかったみたいだ。

一度気絶してしまったため、いつ目を覚ますかは本人次第だ。まあ、生きているだけ良かった。もしかしたらすぐに目覚めるかもしれないし。

「イイコウゲキダ。カオツキモカワッタ、センシノ目ヲシテル」

「お前はいったいなんなんだ⁉　なんでモンスターが喋れるんだ⁉」

「オレモ、死リョクヲツクソウ」

ダメだ……喋れるけど一方通行で意思疎通はできそうにない。

もう少し試してみようとした瞬間、オーガの身体から突然蒸気が噴き出て、体色が赤く染まっていく。なんだ……何をしようとしているんだ⁉

奴の奇怪《きっかい》な行動に内心で狼狽《うろた》えていると、楓さんが顔を青ざめさせながら口を開く。

「マズいです……」

「楓さんはアレが何か知っているのか？」

「はい……あの現象は見たことがあります。あれはライフフォースといって、自分のＨＰを削った分だけ攻撃力を上昇させる〝スキル〟です」

「スキルって……嘘《うそ》だろ⁉　だってオーガはモンスターだぞ⁉」

楓さんの推測が信じられず強く否定してしまう。

でも仕方がないことだった。

何故《なぜ》なら、モンスターはファイアやサンダーなどの魔術や、パワースラッシュなどのアーツを使うこともある。ゴブリンメイジやインプは魔術を使うし、リザードマンやアンデッドナイトもアーツを使う。

だけど、自分からスキルを使うモンスターなど聞いたことがなかった。狼狽《ろうばい》している俺に、楓さんが説明してくれる。

「目に見えませんが、【魔法耐性】や【ＭＰ自動回復】などのスキルを持っているモンスターはいます。まあ殆《ほとん》どがボスクラスのモンスターですが」

「そうだったのか……」

「ですが、それは常時発動しているパッシブスキルで、ライフフォースのようなアクティブスキルを使うモンスターは今のところいません。私も初めて見ました。気をつけてください、今までの攻撃とは桁違《けたちが》いです。一撃でも受けたら骨が折れるどころじゃありません」

そりゃそうだろ。通常の攻撃でさえ一発腹に貰《もら》っただけで骨が折れるほどの威力だったんだから、パワーアップした状態でまともに喰らってしまったら今度こそ死んでしまう。

一度の被弾でゲームオーバー。正直恐いし心がへし折られそうになるけど、負けたくないという強い気持ちが恐怖を塗《ぬ》り潰す。

ビビるな、闘志を燃やせ。

絶対に勝つんだ！

「来ます！」

「オオオオオオオオオオッ‼」

隻眼《せきがん》のオーガは雄叫びを上げると、ドッドッドッドと猛進してくる。

あのスピードでは避けられないだろうと判断し、俺はギガフレイムを放つ。豪火はオーガに着弾するが、かまわず火炎の中を突っきってきた。

肩からの体当たりを大盾で受け止めるが、凄まじい衝撃に楓さんの足がザザザザと地面を引きずりながら後退させられてしまう。

苦悶の表情を浮かべている彼女を横目に、側面から斬撃を繰り出す。

「パワースラッシュ！」

「フン！」

「――なっ⁉」

振り下ろした豪剣が、左腕一本だけで受け止められてしまう。肌も切れて血は出ているが、固い筋肉は斬れていない。パワースラッシュでもこれだけしかダメージを与えられないのか。やはり急所を攻撃しないとダメだ。

剣を戻して後退しようとするが、オーガは踏み込んで拳を弓引く。

しまったと焦るが、楓さんが大盾で突っ込んで阻止しようとする。その瞬間、オーガは攻撃モーションを中止して楓さんの突撃を回避した。

（フェイント⁉　嘘だろ⁉）

「ガアア！」

「あがっ⁉」

無防備な背中を晒《さら》している楓さんに正拳を叩き込む。彼女の身体は逆くの字になって吹っ飛ぶが、オーガはすぐに追いかける。そして、這《は》い蹲《うずくま》りながら立ち上がろうとする楓さんの身体をおもいっきり蹴っ飛《と》ばした。

「っ…………」

「楓さん！」

地面に転がる楓さんは、意識を失ったかのように身体をだらんとさせた。

全然動かない……ポリゴンになっていないからまだ死んでいないみたいだけど、島田さんと一緒で気絶してしまったのだろう。

これで残るは俺と灯里だけ。回復や支援をしてくれる島田さんもいない、精神的支柱だった楓さんもいない。バフスキルの効果もとっくに切れてしまっている。

こんな状態で、あの化物に勝てるのか？

「ガアア」

「――っ⁉」

戦意を失ったためか、オーガに鋭い眼光を向けられただけで身体が竦《すく》んでしまう。

に……逃げなきゃ……。

脅《おび》えていると、オーガがゆっくりと歩いてくる。俺を倒すのなんて取るに足らないと思ったのか、さっきまでの気迫が感じられなかった。いや、どこか落胆しているようにも感じてしまう。

――もうダメだ。

そんな言葉が頭を過《よぎ》った刹那、不意に飛んできた矢がオーガのこめかみを撃ち抜く。

俺とオーガは同時に、矢を放ったであろう方向へ視線を向ける。そこには、弓矢を構えた灯里が立っていた。

「もう二度と、私の目の前で士郎さんを殺させない」

「灯里……」

「グハハッ」

揺るぎない戦意に釣られるように、オーガが楽しそうに口角を上げる。

まだいるじゃないか。本気で戦える者が。奴の顔はそう物語っていた。オーガは目の前にいる俺を無視して灯里に駆け出す。

灯里はその場で顔面に向けて矢を撃つが、オーガは腕をクロスさせて顔を守りながら接近した。肉薄して拳を振るうが、灯里は避けながら矢を放つ。攻撃がギリギリ届かない位置をキープする立ち回りをしながら、至近距離で矢を放っていった。

(凄い……)

オーガの攻撃を躱しながら矢を撃つ灯里の姿は、まるで女神が踊っているようで目を奪われてしまう。

(――って、何をしているんだ俺は!!)

見てる場合じゃないだろう！

早く灯里を助けに行かないと！

そう思って足を動かそうとするが、ガタガタと震えているだけで全く動いてくれない。地面に貼《は》り付けられたように足が上がらない。

こんな経験は初めてで、俺は酷《ひど》く混乱してしまっている。

いや、本当は分かってる。

楓さんが倒されて、オーガの殺気が俺だけに注《そそ》がれ、死を予感したその時。心の根っこがぽっきり折れてしまったんだ。だから身体が戦おうとすることに拒否反応を起こしているんだ。

頭では今すぐにでも駆け出せと必死に訴えている。だけどそれとは別に、本能が戦いたくない、死にたくないと叫んでいる。

俺がうだうだしている間にも、灯里はたった一人でオーガと戦っている。

なのに俺は、恐怖に脅えて黙っているんだ。

ふざけるな。

「動け……動けよ俺の身体！　動いてくれよ……頼むから、動けよおおおおおおおおおおおおおおおおおおおお!!」

絶叫を上げた、その瞬間。

俺の胸から橙色《だいだいいろ》の光が輝き出す。

(な、なんだこれっ!?)

突然光り出した胸に戸惑う。

だけどその光は暖かく、全身を優しく包み込んでくれた。そのお蔭なのか、身体の震えが収まり、恐怖が消えていた。

何が起きたのか分からない。だけどこれで、もう一度戦える。

まだ戦える！

「おおおおおおおおおおおおおおおおおおお‼」

腹の底から声を出し、まだ心に残っている恐れを全て追い出して、俺は力強く地面を蹴り上げた。

「はあああ！」

「ッ⁉」

後ろから剣を振り下ろす。オーガは受け止めず身体を半身にすることで回避した。

追撃はせず、敵を警戒しながら後ろにいる灯里に伝える。

「今までごめん！　灯里、背中は任せた！」

「……うん！　任せて！」

「オモシロイ」

灯里がいる。それだけで何も恐くない。全身から力が漲《みなぎ》ってくる。

そんな俺に対し、オーガも愉《たの》しそうに嗤《わら》った。先ほどまでの失望の眼差《まなざ》しではなく、俺を戦士として見ている。来い、絶対に負けるもんか。

「ガアアア‼」

「あああ‼」

お互いに大声を上げながら、同時に踏み込んだ。

オーガが右足で蹴り上げてくる。俺は限界まで屈んで躱すと、左側から斬り上げる。だがそれは右足を戻すことでパリィされてしまった。

剣を弾かれて体勢を崩した俺に攻撃しようとするタイミングで、灯里の火矢がオーガの額に炸裂《さくれつ》した。それほどダメージはないが、一瞬の目くらましによって俺の姿を失う。

「フレイムソード！」

「グウゥ！」

その隙に火斬を振るい、胸の肉を裂いた。血が噴き出るが、そんなのは関係ないと言わんばかりに左フックを放ってくる。後ろに飛んで紙一重で躱すと、奴の右半身に力が込められたのを察知した。

右ストレートが来ると判断した俺は、右側にステップして回避する。攻撃しようとする刹那、耳の横を矢が通りオーガの口に当たる。それと同時にパワースラッシュを放ち、胸を斬り裂いた。胸の傷が×を描く。

（見える……いや、〝分かる〟!!）

オーガがどう攻撃しようとするのかも、灯里がどうしたいのかも瞬時に分かってしまう。

何故だかは分からない。だけど今は何も考えず、この全能感に身を任せて戦うしかない。

「「おオおオおオおオお！！！」」

俺とオーガの雄叫びが共鳴する。

ほんの僅かでも気を抜けない。一度のミスで一発でも喰らってしまえば形勢は逆転してしまう。だから神経が焼き切れるほど集中して攻撃しているのだが、オーガは倒れなかった。

ライフフォースで生命力を失い続けているせいか、奴の呼吸は荒く汗も大量に出ている。動きもノロくなってもう満身創痍《そうい》に見えるのに、それでも膝を崩さず立ち向かってくる。

なんて勇敢なモンスターなのだろうか。もし俺がオーガの立場だったら、こんな風に最後まで諦《あきら》めず戦えていただろうか。たった一人で戦えていただろうか。

(無駄な思考は切り捨てろ、倒すことだけを考えろ)

戦いに関係ないことは考えるな。目の前の戦士に集中するんだ。

「ゴアアアア!!」

「パワースラッシュ！」

「フレイムアロー！」

灯里が火矢を放ったと同時に、俺はパワースラッシュを繰り出した。

俺達の同時攻撃に、オーガは予想外の反撃に出てくる。火矢を牙《きば》で噛《か》み砕《くだ》き、パワースラッシュを左腕で受け止めたのだ。剣は腕を斬り裂いたのだが、オーガは構わず右手による手刀を放ってくる。

咄嗟《とっさ》に剣で受け流そうとしたのだが、握力が耐えきれず剣を吹っ飛ばされてしまった。

「ガアッ‼」

（まだだ‼）

得物を失った俺に、オーガがトドメの一撃と言わんばかりに渾身のアッパーを繰り出してくる。俺は体重を後ろに倒して紙一重で躱す。鼻先が当たって鼻血が出るが、そんなことはどうでもいい。

倒れながら、右手を掲げた。

「ギガフレイム‼」

「グアアアアア‼」

放出された豪炎がオーガに襲いかかる。

焼かれるオーガを見ながら、俺は背中から地面に倒れた。

頼む……頼むから倒れてくれ！

もう立ち上がる体力もＭＰも残っていないんだ。だから、お願いだから終わってくれ！

「士郎さん！」

「はぁ……はぁ……灯里」

「ごめん、私ももうＭＰが切れちゃった」

「いや、よくやってくれたよ。ありがとう」

申し訳なさそうに申告してくる灯里を労いながら、豪炎に焼かれたオーガに視線をやる。

奴の全身は焼け焦《こ》げているが、まだ立っていた。

死んだ……のか？　いや……まだポリゴンになっていない。ということは生きているということだ。その考え通りに、オーガは静かに俺達の方に歩き出してきた。

「くそ……力が出ない！」

「士郎さんは私が守る！」

「……」

俺の目の前で両手を広げる灯里を、隻眼のオーガはじっと見つめている。

何もしてこず黙ったままでいると、ゆっくりと口を開いた。

「カンシャスル。センシタチ」

そう告げた瞬間、オーガは背中からバタンと倒れたのだった。

「……死んだ、のか？」

「分かんない……でもポリゴンになってないよね」

オーガは明らかに生きていないが、ポリゴンにならない。

本当はまだ生きているのかと怪訝に思っていると、突然ズズズズズッ！　と地面が激しく揺れる。

「士郎さん！」

「灯里！」

灯里は俺に抱き付き、俺も灯里を抱きしめる。
刹那、視界が真っ白に染まったのだった。

ここは……どこだ。

俺はどうなったんだ？

『やっと会えたね』

えっ？

『君が来るのをずっと待っていたよ』

俺を待っていた？

『流石《さすが》だね、あのオーガに勝っちゃうんだから。でも君ならきっとやってくれると思ってたよ。
彼と比べたら、ちょっと弱すぎる気もするけどね』

なんなんだ、さっきから何を言っているんだ。

『まだその時ではないけど、いつの日か会えるのを――』

君はいったい……誰なんだ。

『――ずっと待ってるよ』

◇◆◇

「――さん」

なんだよ五月蠅いな。人が気持ちよく寝ているんだから起こさないでくれよ。

「――さん！　起きてよ！」

耳元で大声が聞こえる。この声は……灯里の声だろうか。

声に誘われて目を開けると、すぐ目の前に灯里の顔があった。目を細めて今にも泣きそうな顔をしている。彼女の頰《ほお》に手を当てると、俺の手を握って微笑《ほほえ》んだ。

「良かった、士郎さん……起きてくれて良かった」

「灯里……」

「気が付いて良かったです」

「全然起きないから死んじゃったのかと思ったよ」

「楓さん……島田さんも……」

灯里の後ろで、楓さんと島田さんが俺を覗《のぞ》き込んでいた。

オーガに攻撃されて気を失っていたけど、二人とも無事で良かったと安堵する。のそりと起き上がり、周りを見渡した。

「ここは……」

「どうやら本当の十層に転移したようです」

問いかけると、楓さんがすぐに教えてくれる。

言われてみればこの空間に見覚えがあった。壁面は木造で作られていて、地面は雑草になっている。天井は空いていて、太陽の光が差し込んでいた。ダンジョンライブで見た十層の部屋そのものだ。

それから楓さんに、俺が起きるまでのことを説明してもらう。

最初に気がついたのは島田さんだった。すぐに怪我《けが》をしている楓さんにハイヒールをかけ、それから灯里を起こし、最後に俺が起きたということだった。

今度は俺と灯里が、二人が倒れた後のことを説明する。
とは言っても、二人がかりでなんとかオーガを倒したってだけだけど。だけどそう伝えると、
楓さんと島田さんは凄く驚いた。
「よく倒せましたね……凄過ぎて言葉が出てこないです」
「俺達だけの力じゃない。島田さんは俺達を回復させてくれたし、楓さんが守ってくれたから
勝ったんだ。みんなの勝利だよ」
「いやぁ、僕なんかヒーラーなのに早々に離脱してしまって申し訳ない気持ちでいっぱいな
んだけど」
「そんなことないですよ島田さん」
後頭部をかきながら申し訳なさそうにため息を吐く島田さんを灯里がフォローする。
そうだ。あれは全員の力でもぎ取った勝利なんだ。そう伝えると島田さんは照れ臭そうに
笑った。
「それにしてもなんだったんだろうな……」
「そうですね……こんなことは初めて驚いてしまいました。ですが、そもそもダンジョンとい
う未知の世界があるので何が起きてもおかしくはありませんが……」
「ねえ皆、あれ見て！」
突然灯里が指を向けるのでその方向に視線をやると、モンスターを倒した時に出るようなポ

リゴンが集まっていた。ポリゴンは収束すると、アイテムのような物がコロンコロンと落下する。気になって四人で近寄ると、二つのアイテムがドロップしていた。

「イヤリングと、腕輪？」

「鑑定しますね」

ドロップしたアイテムはイヤリングセットに透明の腕輪だった。

楓さんが【鑑定】スキルを持っているので鑑定してもらうと、イヤリングの名前は『癒《いや》しのイヤリング』で、効果はＨＰ自動回復小が備わっているそうだ。それって、めちゃくちゃ性能が良いアイテムだよな。

腕輪の名前は『ヒットブレスレット』で、効果は命中率とクリティカル率を上昇させるみたいだ。これもかなりのレアアイテムだろう。

「オーガを倒したから、今になってドロップしたのかな？」

首を傾《かし》げて疑問げに呟く島田さんに、楓さんが「恐《おそ》らくそうでしょう……」と答える。

何はともあれ、二つのレアアイテムをゲットしたんだからラッキーでしかない。必死こいてオーガを倒しただけに、なんだか報われた気がした。

思わぬレアアイテムゲットにホクホクしていると、目の前でまたポリゴンが溢《あふ》れ集束した。

今度は何が出てくるんだと楽しみにしていると、ポリゴンは人のシルエットに変化していく。

「えっ？」

まさかの事態に面喰らっていると、人が現れた。

その人は女性で、腕を組んだまま寝ている。服装は冬物のコートを着ていた。

まさかこの人って……ダンジョンに囚《とら》われた被害者の一人か⁉

突如現れた女性にどうすればいいのか分からず困惑していると、不意に灯里が女性に抱き付いた。

「お母さん‼」

「おかあ……さん？」

「お母さん！　お母さん、良かった！　生きてて、本当に良かった！　うわあああああああああああああああああああああああん‼」

現れた女性は、灯里の母親だったのだ。

母親の頭を抱きしめながら号泣している灯里。

そんな彼女を眺めていると、俺も不意に涙が零《こぼ》れてくる。

（良かった……本当に良かった）

この三年間、灯里がどれだけ頑張っただろう。どれだけ耐えてきただろう。どれだけ辛《つら》い思いをしていただろう。俺なんかには到底分からないほどの想《おも》いを抱えていたはずだ。

灯里の頑張りが少しでも報われて、本当に良かったと心から思ったのだった。

く　スレッドタイトル【女神灯里ちゃん　階層主に挑む】　⋮

２：東京の名無しさん
ホントに今日なのか？

３：東京の名無しさん
土曜日最高なんじゃ～

４：東京の名無しさん
階層更新ペースくそ速いよな
ってかレベル的にいってシロー達はオーガと戦って勝てるんか？

５：東京の名無しさん
＞＞４
ギリ勝てるんちゃう？
タンク性能が高い楓さんもいるし

６：東京の名無しさん
ＧＷも残り二日になっちまったな
これで月曜日からまた仕事とか怠すぎてやばいわ

７：東京の名無しさん
今日明日でギルドのダンジョンイベントも盛り上がりがピークになるからな
マジでお祭りや

８：東京の名無しさん
灯里ちゃん早く来てーーー

９：東京の名無しさん
ワイは前回の楓さんの笑顔にやられた
マジで楓さん派になったわ

１０：東京の名無しさん
＞＞９
わかりみが深い

１１：東京の名無しさん
＞＞９
わかる
いつも無表情な感じだけど、デレた時のギャップが半端ねえよな
勿論灯里ちゃんも可愛いけど、楓さんの大人の魅力には勝てんわ

１２：東京の名無しさん
ああああああん!!??
灯里ちゃんの方が可愛いだろ何言ってんだボケカス
ちゃんと目が二つついてんのか？

１３：東京の名無しさん
ババアな上に胸でも灯里ちゃんに負ける楓さん
生活能力も皆無
灯里ちゃんに勝ってる要素……無し!!

１４：東京の名無しさん
コメ欄で灯里ちゃん派と楓さん派の連中が暴れ回ってるｗｗ

１５：東京の名無しさん
マジ面白いｗｗ

１６：東京の名無しさん
地獄だなｗｗ

１７：東京の名無しさん
誰か島田派の奴はいないんか？

１８：東京の名無しさん
＞＞１７
ホ〇は帰ってどうぞ

１９：東京の名無しさん
おいおまえら今すぐテレビ見ろ!
シローと灯里ちゃんがインタビューされてんぞ!

２０：東京の名無しさん
ふぁ!?

２１：東京の名無しさん
マジですか!?

２２：東京の名無しさん
マジやん!
シローと灯里ちゃん全国デビューやん!

２３：東京の名無しさん
ふぁふぁふぁのふぁーーーｗｗ

２４：東京の名無しさん
マジでテレビ映ってるｗｗ
しかも女子アナにカップルだと間違われてるｗｗ

２５：東京の名無しさん
私服姿の灯里ちゃん可愛いんじゃ～

２６：東京の名無しさん
ほんまもんの美少女
どっかのババアとは大違い

２７：東京の名無しさん
こうして見るとこの二人お似合いやな

２８：東京の名無しさん
灯里ちゃん胸デカｗ

２９：東京の名無しさん
＞＞２７
どこかだよｗ
顔面レベル全然釣り合ってねえわｗｗ

３０：東京の名無しさん
終わった

３１：東京の名無しさん
灯里ちゃん、カップルじゃないって否定しなかったな
やっぱこれシローに惚れてるわ

３２：東京の名無しさん
おい女子アナ!
もっと灯里ちゃん映せよぶっ〇すぞ!
そこらへんのガキなんかどうでもいいんだよ!

３３：東京の名無しさん
昨日は楓さんがクリティカルしたからな
焦った灯里ちゃんが先制パンチや

３４：東京の名無しさん
＞＞３３
やっぱそういう意味に捉えるよなｗ

３５：東京の名無しさん
シローを奪う水面下の戦い……
女ってこえーな

３６：東京の名無しさん
シローちゃんも中々可愛い顔してたけどね

３７：東京の名無しさん
＞＞３６
はっ?

３８：東京の名無しさん
＞＞３６
ふぁ!?

３９：東京の名無しさん
＞＞３６
シロー"ちゃん"?

４０：東京の名無しさん
＞＞３６
ホ〇は帰ってどうぞ

４１：東京の名無しさん
それにしてもこんな人が多い中女子アナにインタビューされるとか、
シローも灯里ちゃんも持ってるな

４２:東京の名無しさん
これは持ってると言っていいのだろうか

４３:東京の名無しさん
東京タワーにいたってことはそろそろか

４４:東京の名無しさん
【朗報】灯里ちゃん出現確定

４５:東京の名無しさん
灯里ちゃん早く来てくれええええええええ

４６:東京の名無しさん
きたーーーーーーーーーーーーーーーーーーーーーーーー

４７:東京の名無しさん
キターーーーーーーーーーーーーーーーーーーーーーー!!

４８:東京の名無しさん
待ってたぜ灯里ちゃん!
私服も可愛いけどその格好も素敵やぞ!

４９:東京の名無しさん
思ったんだけど、灯里ちゃんもワンチャンＤ・Ｉに入れるよな

５０:東京の名無しさん
階層主戦楽しみにしてるよ!!

５１:東京の名無しさん
＞＞４９
Ｄ・Ｉ三人だけだし、マジでスカウトあるかもな

５２:東京の名無しさん
今日は九層スタートか

５３:東京の名無しさん
シローキレッキレやな
やっぱミノタウロス戦で覚醒したか?
ユニークスキル手に入れたとかさ

５４:東京の名無しさん
シロー冗談じゃなくて強くなってるな

５５:東京の名無しさん
島田も強いよな
なんでヒーラーが一人でオークぶっ〇せんだよ
ステータスおかしいだろ

５６:東京の名無しさん
灯里ちゃんと楓さんは安定してるな
この二人はかなり堅いわ

５７:東京の名無しさん
四人とも良い動きしてるな
前より連携も断然にうまなっとる

５８:東京の名無しさん
灯里ちゃんってマジなんなん?
攻撃のタイミングが絶妙過ぎんだけど……

５９:東京の名無しさん
これならマジでオーガ倒せるかもな

115:東京の名無しさん
午前中では階段見つけられなかったな

116:東京の名無しさん
まあ階段とか自動ドアはマジでランダムだからな
探すのが面倒過ぎる

117:東京の名無しさん
早く階段見つけてボス戦してくれー

118:東京の名無しさん
おっ!

119:東京の名無しさん
やっと見つかったか!!

120:東京の名無しさん
よしよし

121:東京の名無しさん
そうそう、焦ることはない
ちゃんとHPとMPは全快させとけよ

122:東京の名無しさん
流石にポーション使うか
まあボス戦でケチるのも馬鹿だしな

123:東京の名無しさん
ボス戦前にステータスを回復させるのは絶対条件だよ

124:東京の名無しさん
あードキドキしてきた

125:東京の名無しさん
見てるこっちもドキドキしてきたわ
やっぱり生配信は緊張感が伝わってくるのがいいところやわ

126:東京の名無しさん
いったーー!!

127:東京の名無しさん
はいはい眩しい眩しい

128:東京の名無しさん
今日はいつもより光ってます

129:東京の名無しさん
へ?

130:東京の名無しさん
はっ?

131:東京の名無しさん
あれ?

132:東京の名無しさん
ここどこだよ
十層ってこんな神殿っぽいところだっけ

133:東京の名無しさん
十層は木造の部屋に天井空いてるぞ
こんな薄暗くない
何がどうなってんのや

134:東京の名無しさん
まさか罠転移踏んで違う階層に行った?

135:東京の名無しさん
ちゃんと階段上がったよな
なのに十層ステージじゃないってどういうこと?

136:東京の名無しさん
シークレット的な?

137:東京の名無しさん
おい、なんかいるぞ
あれオーガだよな

１３８：東京の名無しさん
オーガだ
でもワイの知ってるオーガと違う……

１３９：東京の名無しさん
なんで右目潰れてんだよ

１４０：東京の名無しさん
ふぁ!?

１４１：東京の名無しさん
ねえワイの聞き間違いかな……
今オーガ喋らなかった?

１４２：東京の名無しさん
＞＞１４１
聞き間違いじゃない
巻き戻してもう一回聞いたけどマジで喋ってる

１４３：東京の名無しさん
モンスターって喋ったりするの?

１４４：東京の名無しさん
喋るモンスターなんて聞いたことねえぞ
日本どころか世界中のダンジョンでもそんなモンスター確認されてねえぞ

１４５：東京の名無しさん
謎のステージといい喋るオーガといい、マジで何がどうなってんのや

１４６：東京の名無しさん
また喋った!

１４７：東京の名無しさん
人間か、久しいなって言ってるよな

１４８：東京の名無しさん
めっちゃカタコトやん

１４９：東京の名無しさん
すんげー怠そうに起き上がるやん
まるで休日のワイみたいな奴やな

１５０：東京の名無しさん
すんげー人間臭いな
こいつ本当にモンスターか?

１５１：東京の名無しさん
普通に喋るじゃん
マジで意味わからんわ

１５２：東京の名無しさん
楓さん話しかけてるけど、会話になってねえな
ゲームの台詞的な感じなのか?

１５３：東京の名無しさん
＞＞１５２
あーそういうパターンもあるのか

１５４：東京の名無しさん
＞＞１５２
ってことはこれ、何かのイベント?

１５５：東京の名無しさん
ダンジョンがイベントなんてやったことねえけどな

１５６：東京の名無しさん
動画配信サイトの方でもめちゃくちゃ盛り上がってるな
外人さんがwhat?ってめっちゃコメントしてる

１５７：東京の名無しさん
そりゃーみんな見るだろ
世界中で初めてのイベントっぽいことなんだから

１５８：東京の名無しさん
あのオーガ、絶対に普通のオーガじゃないよな
見るからに強そうだし

１５９：東京の名無しさん
歴戦の戦士みたいな風格が出とるわ

１６０：東京の名無しさん
バトルスタート！

１６１：東京の名無しさん
急に始まったｗ

１６２：東京の名無しさん
流石楓さん
シロー達がパニクってる中でも一人だけ冷静だわ
そこに痺れる憧れるぅ！

１６３：東京の名無しさん
こえええええええええええ！
こいつの顔イカつ過ぎんだろ！　おしっこちびるとこだったわ！！

１６４：東京の名無しさん
オーガ強くねえか？

１６５：東京の名無しさん
戦闘行動が今までのオーガと違うんやが……
ジャブとかしてるし格闘技かじってるだろお前

１６６：東京の名無しさん
攻撃パターンがゲーム的じゃないよな
一手一手の攻撃に意味をもたらして次の攻撃に生かそうとしてる
フェイントとかも入れてるし

１６７：東京の名無しさん
おらそこだ
やっちまえシロー！

１６８：東京の名無しさん
耐久も相当あんな
アーツ喰らってもケロッとしてるし

１６９：東京の名無しさん
フットワークすげえな
シローの攻撃全部躱すやん

１７０：東京の名無しさん
＞＞１６９
しかも灯里ちゃんの矢も躱してるんだぜ？
危機察知能力というか、視野が広すぎる

１７１：東京の名無しさん
まるで格闘士の冒険者と戦ってるみたいやな

１７２：東京の名無しさん
異常種のゴブリンキングといい今回の隻眼のオーガといい
シローの不運やべえよな
お前幸運値絶対低いだろ

１７３：東京の名無しさん
灯里ちゃん！！

１７４：東京の名無しさん
うわっ

１７５：東京の名無しさん
石なんか投げてくるのかよ
マジで戦闘慣れし過ぎだろこのオーガ

１７６：東京の名無しさん
何故かわからんが楽しそうに笑ってるしな
ぼそぼそ喋ってるし　聞こえないけど

１７７：東京の名無しさん
テメエこらワイの灯里ちゃんに何してくれとんじゃボケエ！

１７８：東京の名無しさん
今回は楓さん暴走しないな
物足りないんだろうか

179：東京の名無しさん
＞＞178
暴走してる場合とちゃうやろ
ミノタウロスみたいな力馬鹿ならいいけどこのオーガみたいにフェイントしてくるようなモンスターは頭働かせないと対応できんわ

180：東京の名無しさん
ってかこのオーガかっけえよな

181：東京の名無しさん
シローーーーー!!

182：東京の名無しさん
ザマアアアアアアアアアアア!!

183：東京の名無しさん
やばいって……曲がっちゃいけないぐらい身体曲がったって

184：東京の名無しさん
あれ絶対骨折れたろw

185：東京の名無しさん
シロー死んだ!?

186：東京の名無しさん
あんなパンチまともに腹にうけたら臓物吐き散らかすわ

187：東京の名無しさん
うわぁ
ほんとに痛そう……冒険者にならなくて良かった

188：東京の名無しさん
危ない!

189：東京の名無しさん
シロー避けて!

190：東京の名無しさん
セーフ!!

191：東京の名無しさん
ナイスフォロー楓さん
マジで間一髪だった!

192：東京の名無しさん
いいぞ島田!
やっぱヒーラーは必須やわ!

193：東京の名無しさん
身体は治ってまた戦えるけど
また痛い思いをするかもしれないと思ったらやってらんねえな
恐くてそんなことできねえわ

194：東京の名無しさん
シローもケロッとしてるやん
恐くないんか?

195：東京の名無しさん
やっぱ冒険者やってる奴って頭イカれてるわ

196：東京の名無しさん
楓さんの安定ぶりは最早神がかってるな

197：東京の名無しさん
オーガと互角にやり合ってる楓さんパネエっす

198：東京の名無しさん
マジでこのパーティー楓さんいなかったらクソ雑魚だろ

199：東京の名無しさん
あかん……楓さんに惚れてまう

200：東京の名無しさん
このオーガ絶対おかしいって
シローと灯里ちゃんと楓さんから攻撃されてるのに殆ど躱してるし寧ろ反撃してるやん
そんなんできる?

２０１：東京の名無しさん
こんなバカ強いオーガと戦わせられるなんて持ってねえな

２０２：東京の名無しさん
勝つビジョンが見えないんやが

２０３：東京の名無しさん
どっちかというとシローと楓さんの方がダメージ貰ってるしな

２０４：東京の名無しさん
連携は上手くいってるんやけど、それでもオーガの方が一枚上手やわ

２０５：東京の名無しさん
長いな

２０６：東京の名無しさん
もう五分くらい同じ戦いしてる？
これじゃあ先に島田のＭＰが尽きるだろ

２０７：東京の名無しさん
島田が消えた瞬間終わるな

２０８：東京の名無しさん
あっ

２０９：東京の名無しさん
言った側から島田狙いやがったｗｗ

２１０：東京の名無しさん
逃げろ島田！

２１１：東京の名無しさん
いやもう島田も入れて四人で特攻した方がよくないか？
あいつも攻撃力だけは高いし

２１２：東京の名無しさん
すげー跳躍力やな

２１３：東京の名無しさん
流石モンスターやな
人間飛び越えるほどのジャンプできるとかやべえわ

２１４：東京の名無しさん
今気付いたんやが、こいつシロー楓さんと灯里ちゃん島田との距離を離すような立ち回りしてたわ

２１５：東京の名無しさん
おい島田逃げろよ馬鹿！
ヒーラーのお前が死んだら終わりだぞ！

２１６：東京の名無しさん
いや島田なら

２１７：東京の名無しさん
あ

２１８：東京の名無しさん
ふぁーーーーーーーーーーーーーｗｗ

２１９：東京の名無しさん
島田、瞬殺！！

２２０：東京の名無しさん
言わんこっちゃない
だからあれほど逃げろと言ったのに

２２１：東京の名無しさん
島田の離脱は痛いな

２２２：東京の名無しさん
灯里ちゃん早く島田にポーションぶっかけるんだ！

２２３：東京の名無しさん
早くしろよ灯里ちゃん
島田がいなかったら勝てへんぞ

２２４：東京の名無しさん
漫画みたいな吹っ飛び方したなｗ
死んでないのが不思議なぐらいやわ

２２５：東京の名無しさん
あれで死んでないのが不思議なくらいや

２２６：東京の名無しさん
楓さんとシローだけじゃもたんだろ

２２７：東京の名無しさん
次は灯里ちゃん狙いなん？

２２８：東京の名無しさん
マジで有能過ぎるだろこのオーガ

２２９：東京の名無しさん
めっちゃ喋るやん

２３０：東京の名無しさん
おお
シローが凄いことになってきた

２３１：東京の名無しさん
ギアが上がってきたな

２３２：東京の名無しさん
さっきより格段に動きが良くなってるな
やっぱり身体強化系のスキルとか手に入れたんか？

２３３：東京の名無しさん
バックラーで受けるんじゃなくて全部躱してるもんな
人間技じゃねえよ

２３４：東京の名無しさん
やっちまえシロー！

２３５：東京の名無しさん
シローと楓さんの連携パネエ！

２３６：東京の名無しさん
お互いの考えてる事がわかってんのかってぐらい息ピッタリだよな
オーガも攻めあぐねてるし

２３７：東京の名無しさん
これマジでいけんじゃね？

２３８：東京の名無しさん
おい島田……

２３９：東京の名無しさん
島田まだ起きねえの？
ヒーラーが何やってんだよ

２４０：東京の名無しさん
灯里ちゃん島田の顔面ひっぱたけ！
それで起きる筈や

２４１：東京の名無しさん
そもそも何でハイポーションぶっかけて起きないの？

２４２：東京の名無しさん
＞＞２４１
気絶した人間にお薬ぶっかけても起きる筈ないやろ考えろや

２４３：東京の名無しさん
こいつまた喋ったぞ

２４４：東京の名無しさん
良い攻撃だ……って、めっちゃ褒めてくれんじゃん
実は良い奴なんじゃ……

２４５：東京の名無しさん
＞＞２４４
なわけ

２４６：東京の名無しさん
なんか身体から湯気が出てきたんやが

２４７：東京の名無しさん
湯気ｗ

２４８：東京の名無しさん
めっちゃ煙出るやんｗｗ

２４９：東京の名無しさん
これ何してんの？

２５０：東京の名無しさん
ふぁ!?

２５１：東京の名無しさん
ライフフォースってマジかいな!?
なんでモンスターがスキル使えんだよ

２５２：東京の名無しさん
ライフフォース
効果　ＨＰを消費することで攻撃力を上げるスキル

２５３：東京の名無しさん
＞＞２５２
さんがつ!

２５４：東京の名無しさん
モンスターがスキル使うとか異常種よりやばいやろこいつ
謎過ぎるわ

２５５：東京の名無しさん
今だけでもスペック高いのに強化とか卑怯だろ

２５６：東京の名無しさん
これは流石に詰みました

２５７：東京の名無しさん
シロー十八番のギガフレイムも大して効いてないな

２５８：東京の名無しさん
マジでやべえだろ

２５９：東京の名無しさん
あっ!

２６０：東京の名無しさん
楓さーーーーーーーん!!

２６１：東京の名無しさん
シローに攻撃すると見せかけて楓さんを釣る策士オーガさんｗｗ

……ええ

２６２：東京の名無しさん
今の攻撃は普通のモンスターではやらんだろ

２６３：東京の名無しさん
か、楓さんがｗ

２６４：東京の名無しさん
人をサッカーボールみたいに蹴るんじゃねえよ!

２６５：東京の名無しさん
マジで痛そう……見てるこっちまで苦しくなってきた

２６６：東京の名無しさん
楓さん死んだか？

２６７：東京の名無しさん
ポリゴン体になってないからまだ死んではないっぽいけど
気は失ってるみたいだな

２６８：東京の名無しさん
こらアカンは……もうおしまいや

２６９：東京の名無しさん
流石にシローと灯里ちゃんだけじゃこいつには勝てないだろ

２７０：東京の名無しさん
こわっ

２７１：東京の名無しさん
恐すぎんだろ……画面越しでもビビるわ
実際にいるシロー達はたまったもんじゃないだろうな

２７２：東京の名無しさん
シローwwオーガに憐れまれるww

２７３：東京の名無しさん
おめえには用がねえから!!

２７４：東京の名無しさん
オーガの失望した目よww
マジでこいつ普通のモンスターじゃねえわ

２７５：東京の名無しさん
男オーガ
ビビり散らかすシローは戦う必要ないと判断する

２７６：東京の名無しさん
灯里ちゃん逃げてーー!

２７７：東京の名無しさん
＞＞２７６
ボス部屋じゃ逃げらんないだろw

２７８：東京の名無しさん
灯里ちゃん……

２７９：東京の名無しさん
灯里ちゃん……(´;ω;`)

２８０：東京の名無しさん
灯里ちゃんの気持ちが分かって辛いわ

２８１：東京の名無しさん
おいシロー!
テメエ灯里ちゃんに守ってもらうだけでいいのかよ!

２８２：東京の名無しさん
オーガさんめっちゃ楽しそうに笑うやん
こういうタイプの方が好きなんやろうな

２８３：東京の名無しさん
灯里ちゃん強えええええええええええ!?

２８４：東京の名無しさん
なんで弓術士が接近戦で戦えてんだよww
おかしいだろ……おかしいよね?

２８５：東京の名無しさん
おかしい

２８６：東京の名無しさん
灯里ちゃんの身のこなしがヤバすぎる
躱しながら矢を撃つとかどんだけだよ

２８７：東京の名無しさん
ワイ……灯里ちゃんにドン引きする

２８８：東京の名無しさん
いけ灯里ちゃん!ぶっ○しちまえ!!

２８９：東京の名無しさん
負けんな!

２９０：東京の名無しさん
おいシロー黙って見てんじゃねえよぶっ○すぞ!
さっさと灯里ちゃん助けにいけや!

２９１：東京の名無しさん
シロー死ねよもう
お前いらんわ

２９２：東京の名無しさん
シローさん……

２９３：東京の名無しさん
叫ぶぐらいなら早く動けって

２９４：東京の名無しさん
ふぁーーーーーーーーーーーーーーーー!!??

295：東京の名無しさん
はあああああああああああああああああ!?

296：東京の名無しさん
えええええ!??

297：東京の名無しさん
なんかシローの身体が勝手に輝き出したんやがｗｗ

298：東京の名無しさん
怒りのパワーで目覚めたか？

299：東京の名無しさん
スーパーサ〇ヤ人やんｗｗ
髪は逆立ってないけど

300：東京の名無しさん
なんで急に覚醒したんや

301：東京の名無しさん
シローには漫画の主人公属性があった？

302：東京の名無しさん
今度は灯里ちゃんとの連携や
やっぱり本妻やね!

303：東京の名無しさん
楓さんもいいけど、やっぱこの二人よね

304：東京の名無しさん
やっちまえおらああ!!

305：東京の名無しさん
そこや!

306：東京の名無しさん
なんでシロー全部躱せんねん
やっぱこいつおかしいやろ

307：東京の名無しさん
灯里ちゃんナイスフォロー!

308：東京の名無しさん
いけるいけるいけるいけるいけるいけるいけるいけるいける

309：東京の名無しさん
オーガも耐久力あり過ぎんだろはよ倒れろや

310：東京の名無しさん
でもライフフォース使ってるそうかもう虫の息よな

311：東京の名無しさん
いけるぞシロー!
かましたれ!

312：東京の名無しさん
シローマジでかっこいいんだけど

313：東京の名無しさん
よし!

314：東京の名無しさん
腕貰いました!

315：東京の名無しさん
まだ動けんのかよ!?

316：東京の名無しさん
ぎゃあああああああ!!

317：東京の名無しさん
あっぶねえええええええ!!

318：東京の名無しさん
出たーーーーーーシロー必殺ゼロ距離ギガフレイム!!

319：東京の名無しさん
これは貰ったな

320：東京の名無しさん
お願いします倒れてください

321：東京の名無しさん
なんで寝っ転がってんだよ
はよ立ってトドメさせや

322：東京の名無しさん
＞＞321
もうそんな体力もＭＰもねえだろ……

323：東京の名無しさん
お願いだから起き上がるな

324：東京の名無しさん
もういいだろ死んでくれよ

325：東京の名無しさん
うわ……

326：東京の名無しさん
まだ生きてる……

327：東京の名無しさん
なんやこいつホンマ……あれ喰らってなんで生きてんねん

328：東京の名無しさん
お願いだから死んでくれーーー!!

329：東京の名無しさん
あかん!

330：東京の名無しさん
灯里ちゃん……惚れるわ

331：東京の名無しさん
そんなことせんでいいから攻撃しろや灯里ちゃん

332：東京の名無しさん
あっ

333：東京の名無しさん
あっ

334：東京の名無しさん
死んだ?

335：東京の名無しさん
しゃあああああああああああああああああああああああああああ
ああああああああああああああああ!!

336：東京の名無しさん
ナイス!

337：東京の名無しさん
勝ったでええええええええええええええええええ!!

338：東京の名無しさん
なんかわからんが勝ったｗ

339：東京の名無しさん
なんで勝ったんやｗ

340：東京の名無しさん
ホンマに勝ちおったな
二人だけでよお勝ったわ

341：東京の名無しさん
おめ!

342：東京の名無しさん
マジでお疲れ様です

343：東京の名無しさん
なんか揺れてない?

344：東京の名無しさん
ほんまや、地震?

３４５：東京の名無しさん
向こうの世界が揺れてんのか？？

３４６：東京の名無しさん
なんだよ今度は崩れるイベントか！？

３４７：東京の名無しさん
あっ

３４８：東京の名無しさん
あっ

３４９：東京の名無しさん
画面真っ白ｗｗ

３５０：東京の名無しさん
どうなったんや！
おい運営！早く灯里ちゃん達映せよ！

３５１：東京の名無しさん
＞＞３５０
運営なんてもんいねえからｗ

３５２：東京の名無しさん
ねーまだー

３５３：東京の名無しさん
早くしろよ何してんだよ

３５４：東京の名無しさん
直った

３５５：東京の名無しさん
映ったーーー！！

３５６：東京の名無しさん
やっとかい
もう何がどうなってんのや

３５７：東京の名無しさん
ん？
ここって普通の十層ステージだよな

３５８：東京の名無しさん
十層に戻ってきたんか

３５９：東京の名無しさん
島田が起きた

３６０：東京の名無しさん
生きてたんかワレエ！
早く楓さん達の傷回復させて起こさんかい！！

３６１：東京の名無しさん
良かった……楓さん生きてた

３６２：東京の名無しさん
楓さんあんなボロクソにやられてよく生きてたよな

３６３：東京の名無しさん
灯里ちゃんも大丈夫そうや

３６４：東京の名無しさん
シローが中々起きねえな

３６５：東京の名無しさん
死んだんじゃねｗｗ

３６６：東京の名無しさん
灯里ちゃんの必死な顔見てるこっちまで辛くなってくるな

３６７：東京の名無しさん
早く起きろよシロー！

３６８：東京の名無しさん
おキターーーーーーーーーー！

３６９：東京の名無しさん
やっと起きよこいつ

370：東京の名無しさん
いやー良かったわ

371：東京の名無しさん
あっちの方でなんか光ってね？

372：東京の名無しさん
なんだあれ……ポリゴン？

373：東京の名無しさん
アイテムがドロップしたのか

374：東京の名無しさん
今になってドロップすんのかい！
しかも二つも！

375：東京の名無しさん
すげーな二つもドロップしたのか？
それもレアアイテムっぽいし

376：東京の名無しさん
ラストアタックはシローやったよな
ゴブリンキングの時といいあいつ強運だよな

377：東京の名無しさん
この二つで五百とか一千万ぐらいするかもしれないよな

378：東京の名無しさん
いいなーアイテム
大金持ちになれるやん

379：東京の名無しさん
まだなんか出てきたぞ

380：東京の名無しさん
まだあんの？
羨ましい……

381：東京の名無しさん
待ってアイテムじゃないぞ

382：東京の名無しさん
人？

383：東京の名無しさん
人やん
しかも結構お綺麗？

384：東京の名無しさん
胸デカいな

385：東京の名無しさん
えええええええええええええええ!？

386：東京の名無しさん
灯里ちゃんのママだったんかい!!

387：東京の名無しさん
母親!？

388：東京の名無しさん
言われて見ると結構似てるな

389：東京の名無しさん
良かった……灯里ちゃん良かったな

390：東京の名無しさん
こっちまで貰い泣きしてもうたわ

391：東京の名無しさん
灯里ちゃんの努力が叶って良かった

392：東京の名無しさん
久々に泣いたわ

393：東京の名無しさん
感動フィナーレです

３９４：東京の名無しさん
終わった

３９５：東京の名無しさん
はーーーーーー今回も濃厚なダンジョンライブだったな

３９６：東京の名無しさん
やっぱシロー達の冒険見てるの面白いわ

３９７：東京の名無しさん
ってかあんなこと初めてだよな
なんで今回だけなったんだ？

３９８：東京の名無しさん
コメ欄とかSNSの方でも大盛り上がりだよな
ダンジョンに関しての新発見だし

３９９：東京の名無しさん
シローと灯里ちゃんもスターになっちまったな

４００：東京の名無しさん
マスコミとかも押し寄せるんだろうか

４０１：東京の名無しさん
めっちゃ楽しかったわ
四人ともお疲れやで

４０２：東京の名無しさん
ＭＶＰは灯里ちゃんやな

４０３：東京の名無しさん
今回の灯里ちゃんは神がかってわ

４０４：東京の名無しさん
シローの身体が突然輝いたのはいったいなんだったんだろうな

４０５：東京の名無しさん
わからん

４０６：東京の名無しさん
シローも謎めいてきたな

４０７：東京の名無しさん
灯里ちゃんの母親が無事でよかった！

４０８：東京の名無しさん
おつかれやで！

エピローグ

『さあ会場にいらっしゃる皆様、もう間もなくです！　GW最終日、東京ダンジョンタワーによるギルド最大のイベント。日本最高峰パーティーのアルバトロスによる、ダンジョン五十階層チャレンジが、もう間もなく開始されます！』

「「おおお！！！」」

『さらにさらに、ゲストには今大人気沸騰《ふっとう》中のダンジョンアイドル、Ｄ・Ｉの皆さんにお越しいただいてまいいす。Ｄ・Ｉの皆さん、よろしくお願いします！』

『『よろしくお願いしまーす！』』

「カノンちゃーん!!　大好きだーーー!!」

「シオンちゃん超絶可愛《かわい》いよおおおお!!」

「ミオンちゃんこっち向いてーーーー!!」

『いやーやっぱりＤ・Ｉの人気っぷりは凄《すご》いですねぇ。って野郎ども、いつまでも叫ぶな!!　静かにしろやごらぁ!!』

GW最終日の日曜日。

ギルド付近にあるライブ会場は、一万人の一般客で埋め尽くされていた。

席は満席で、立ち見をしている人も多くいる。彼等《かれら》の目的は、GW一大イベントのアルバトロスによる五十階層攻略だった。

今現在、日本にある東京ダンジョンでの最高到達階層は四十九階層。

勿論《もちろん》冒険者パーティーの日本最強と云われているアルバトロスも到達しているが、実は他《ほか》のパーティーも四組ほど到達している。

だけど、彼等は何か月もずっとそこで止まっていた。

何故《なぜ》かというと、五十階層の階層主が強くてどのパーティーも倒せなかったからだ。

五十階層の階層主は遺跡ステージのボスで、今までの階層主とは異なり二体いる。どちらも名前は「アヌビス」で、神話に出てくるアヌビスと見た目はほぼ同じだ。しかも二体とも全長五メートル以上と巨大である。

アヌビスが厄介《やっかい》なのは、一体が魔術でデバフスキルを使いまくってきて、もう一体が攻撃力に特化していることだ。さらにダメージを与えても回復をしてくるので、攻略困難な仕様となっている。

アルバトロスも何度か挑んでいて良いところまではいっているのだが、押し切れず敗れてしまっていた。

彼等は対策をとるための装備やアイテムも揃《そろ》え、準備を万端にした。さあ行こうかというところでスポンサーから話が来て、ＧＷイベント最大の目玉として今日攻略することになったのだ。

アルバトロスのような強い冒険者は、スポンサー企業がついていたりする。莫大な支援をいただいているそうだけど、その代わりスポンサーのご意向はあまり無下《むげ》にはできないようだ。

因《ちな》みにＤ・Ｉは、アイドル会社が最初から募集して結成された。

多くの募集からオーディションを勝ち残り、見事三枚の切符を手に入れたのがカノンとミオンとシオンの三人である。彼女達は可愛くて歌えて踊れるだけではなく、冒険者でもある。レベルも高く、攻略階層も二十層以上いっていた。

ライブ会場ステージの上には、巨大なモニターが設置されてある。

そこに映っていたのは、四十九階層を探索しているアルバトロスのメンバーだった。

『おおっと！　どうやらアルバトロスが五十層への階段を見つけたようだぞ。時間も14時前で時間通り、流石《さすが》一流の冒険者は分かってますね!!』

ステージに立っている実況の女性がそう言うと、会場がどっと沸いた。

『さあ皆様お待たせしました！　これよりアルバトロスによる五十階層主攻略戦が始まります！　皆で応援して盛り上げようぜえええええ!!』

「「おお！！！」」

司会の女性が叫ぶと、会場中から絶叫が上がる。

俺《おれ》は隣に座っている灯里《あかり》に問いかけた。

「楽しみだな、灯里」

「うん！」

「いよいよですね」

「見てるこっちがドキドキしてきたよ」

隣にいる楓《かえで》さんと、その奥にいる島田《しまだ》さんも興奮した様子でモニターを見ていた。

そしてついに、アルバトロスが階段を上がり五十階層へ足を踏み入れたのだった。

◇◆◇

灯里の母親が現れた後、少し灯里に時間をあげてから俺達は室内にある自動ドアを潜《くぐ》り抜けてギルドに帰ってきた。

因みに、ボス部屋に入ってボスを倒すと、十一層に繋《つな》がる階段と帰還用の自動ドアが出現するようになっている。なので一度入ってしまうと部屋からは出られないのだ。階層主を倒すか、死んで現世に戻るかの二択になってしまうので、階層主に挑むのは万全な準備が必要だ。

まあ東京ダンジョンはデスゲームではないから、結構気兼ねなく挑戦する冒険者は多いけど。

ギルドに帰ってきた俺達は、ギルドの職員と自衛隊に出迎えられる。

未《いま》だに目を覚まさない灯里の母親は担架《たんか》で連れていかれ、灯里もそれについていった。ダンジョン被害者は健康状態などをチェックするため、すぐに病院に入院することになるらしい。

俺と楓さんと島田さんの三人は、ギルド職員に連れられ待合室で話を聞かされた。

何故かというと、本来の十層ではない場所に飛ばされ、かつモンスターのオーガが喋《しゃべ》ったことが前代未聞だったからだ。

全世界にあるダンジョンタワー。三年経《た》った今でも、モンスターが人語を喋ったことなんて一度もない。貴重なサンプルということで、未知の十層部屋のことやオーガの情報を事細かに説明する羽目になったのだ。

あまりにも質問が多くて、まるで警察に取り調べをされている気分だった。

長い間拘束されて、もう本当に喋ることはありませんから勘弁してくださいみたいな感じのことを伝えると、俺達はやっとギルド職員から解放されたのだった。

「いやー恐かった。もっと優しく聞いてくれればいいのにね」

「全世界でも初情報で、希少度が高いですから仕方なくも思います」

「あれはいったいなんだったんだろうな……」

「ダンジョンは未知の世界ですから。でもこれで、さらにダンジョンブームが加速されるかもしれませんね」

「そう思うと、僕達って凄いよね。喋るモンスターと初めて出会った冒険者だし」

「確かに、そう言われてみればそうだな」

「まあ何にせよ、灯里さんのお母さんが救い出されて良かったです」

楓さんと島田さんと少しの間会話した後、俺達は解散することになった。

明日のダンジョン攻略は休みで、一緒にアルバトロスの攻略を見ようということになっている。まあ、灯里は母親に付きっきりで来られないかもしれないけど。

「ただいま……」

家に帰ると、久しぶりに一人だった。

灯里が同居してから一人になったことがなかったから、部屋が凄く広く寂《さび》しいと感じてしまう。おかしいよな……今までずっと一人で暮らしていたのに、一か月ぐらいしか住んでいない灯里がいないだけで寂しいと思うなんて。

でもそれだけ、俺の中で星野《ほしの》灯里という存在が大きくなっているのかもしれない。

何もやる気が起きずボーっとしていると、九時頃《ごろ》に灯里が帰ってきた。

ピンポーンという音が鳴って玄関に向かいドアを開けると、灯里が立っていた。

「おかえり。お母さんは？」

そう尋ねると、灯里は悲しそうに首を横に振る。

「まだ目が覚めない。でも、お医者さんが言うにはよくあることなんだって。次の日に目が覚める人もいれば、一週間後や一か月後になるかもしれない。でも命に別状はないし、目覚めなかった人はいないらしいから、一先《ひとま》ず安心した」

「そっか、良かったな」

「士郎《しろう》さん……ありがとう」

そう言って、灯里は俺に抱き付いてくる。

「良かった……お母さんが帰ってきてくれて、良かった」

泣いてる灯里に胸を貸し、俺は彼女の頭を優しく撫《な》でたのだった。

翌日の朝から、俺と灯里は母親の見舞いに行った。

母親は灯里に似て（逆か？）美人で、灯里がそのまま歳《とし》を重ねたような女性だった。とりあえず眠ったままの母親に挨拶《あいさつ》をして、午前中に病院を後にする。

それは午後からギルドでイベントを見るためだった。

無理しなくていい、母親の側にいていいんだぞと伝えたけど、灯里は「楓さんと島田さんと約束したから」と言ってギルドに行くことになった。

ギルドで合流すると、二人は灯里のことをめちゃくちゃ心配していて、灯里は嬉《うれ》しそうにありがとうとお礼を言っていた。

屋台で飲み物やつまみを買って、俺達はライブ会場の席に向かったのだった。

◇◆◇

『凄い！　凄いぞアルバトロス！　ついに一体目のアヌビスを倒しました！』

モニターの画面では、アルバトロスのメンバーが階層主と死闘を繰り広げていた。

マンガやアニメのようなド派手な攻撃も凄いけど、五人の連携プレーが神がかっていて、見ているだけで胸がドキドキする。

そしてついに、その時がやってきた。

『やりました！　やりましたアルバトロス‼　難攻不落のアヌビスを撃破し、念願の五十階層を踏破しました！！！』

「「おおお！！！」」

アヌビスを倒した瞬間、会場の盛り上がりが最高潮に達する。

それに呼応するように、俺の感情も今までで一番昂《たかぶ》っていた。

凄い……本当に凄かった。

いつか俺も、あの人達のようになれるだろうか。

そう思って拳《こぶし》を固く握り締めていると、その手を小さい手が優しく覆《おお》う。

「灯里？」

「やろう士郎さん。私達ならできる」

今度は逆の手を覆われる。

「楓さん？」

「私達も負けていられませんね」

灯里と楓さんも、凄く生き生きとした顔だった。

気持ちは分かる。俺も、今すぐにでもダンジョンに入って冒険したいぐらいだから。

熱気と興奮に当てられた俺は、何故か二人の手を握るという暴挙に出ると、笑みを浮かべてこう言った。

「俺達も、あの人達のように強くなろう」

こうして、俺達の長いＧＷが終わりを告げたのだった。

あとがき

お久しぶりです。モンチ02です。

本作『東京ダンジョンタワー』も皆さまのお力添えのお蔭で、無事二巻の発売と相成ることができました。誠にありがとうございます。

二巻では、ゴールデンウイークを舞台に五十嵐楓《いがらしかえで》と島田拓造《しまだたくぞう》をメインとして書かせていただきました。今作の楓さんは持ち味が凄く出ており魅力も超パワーアップしておりますので、灯里ちゃん大好き派に負けないぐらい、二巻をお読みになった読者様方にも楓さん派が増えてくれると大変嬉しいです。個人的にも、楓さんみたいなキャラめちゃくちゃ大好きなんですよね。新しいメンバーとして加入した島田さんですが、当初は男キャラを仲間に入れるか迷いに迷いました。だって、主人公以外の仲間（男）がヒロイン達と一緒にいるのって読んでいてなんか嫌だったり邪魔だな～ってなりませんか？　私は結構嫌です（笑）

ですがハーレムにしたくはありませんでしたので、ならば既に結婚している男キャラにしようと考えました。それならばヒロイン達とフラグが立たないし、安心して読んでいられますからね。

そんな感じで生まれたのが島田さんです。愛妻家で優しい島田さんを新たに加えた士郎《しろう》達の活躍にご期待ください！

そして謝辞です。イラストの横田守《よこたまもる》様。担当の杉浦《すぎうら》様。この本の制作に携わっていただいた全ての方に御礼申し上げます。

最後に、読者の皆様。二巻を手に取っていただき、誠にありがとうございます！　二巻も面白かったと思っていただければ幸いです。

モンチ０２

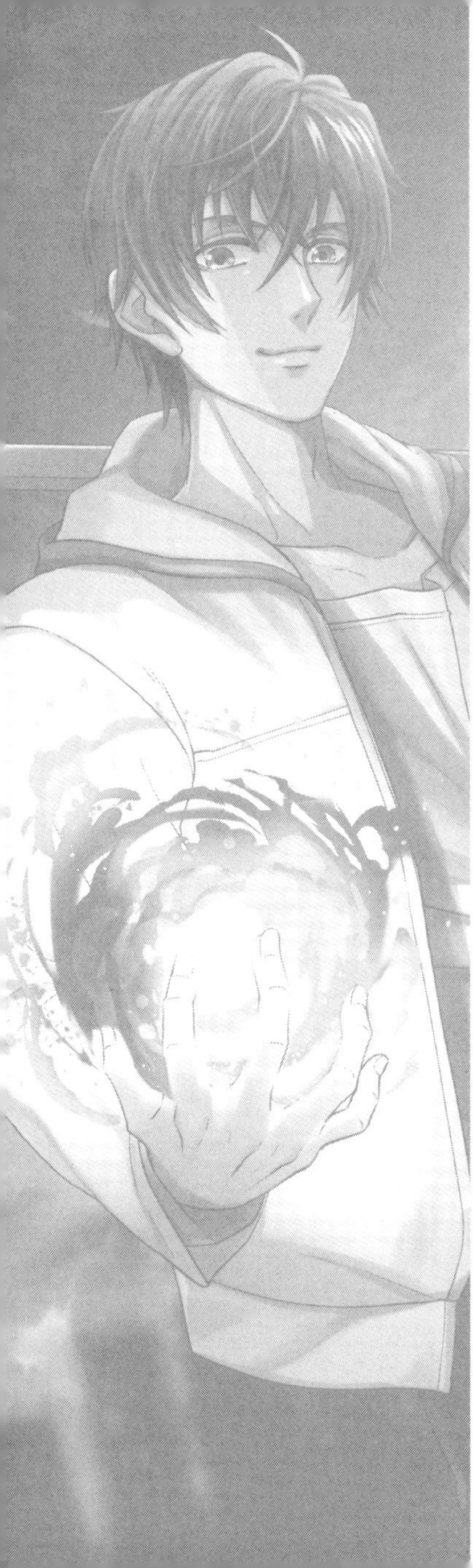

GAノベル

東京ダンジョンタワー 2
～平凡会社員の成り上がり迷宮録～

2023年11月30日　初版第一刷発行

著者　モンチ02
発行人　小川 淳
発行所　SBクリエイティブ株式会社
〒106-0032　東京都港区六本木2-4-5
03-5549-1201　03-5549-1167(編集)

装丁　AFTERGLOW
印刷・製本　中央精版印刷株式会社

ISBN978-4-8156-1614-4
Printed in Japan

ファンレター、作品のご感想をお待ちしております。

〒106-0032　東京都港区六本木 2-4-5
SBクリエイティブ株式会社
GA文庫編集部 気付

「モンチ02先生」係
「横田守先生」係

本書に関するご意見・ご感想は
下のQRコードよりお寄せください。
※アクセスの際に発生する通信費等はご負担ください。

https://ga.sbcr.jp/

試読版は
こちら!

第16回 GA文庫大賞
GA文庫では10代～20代のライトノベル読者に向けた
魅力溢れるエンターテインメント作品を募集します！
物語が、華ひらく。
イラスト／風花風花
大賞賞金300万円+コミカライズ確約！
◆募集内容◆
広義のエンターテインメント小説（ファンタジー、ラブコメ、学園など）で、日本語で書かれた未発表のオリジナル作品を募集します。希望者全員に評価シートを送付します。
※入賞作は当社にて刊行いたします　詳しくは募集要項をご確認下さい
リニューアルで選考課程を一新!!!
応募の詳細はGA文庫公式ホームページにて
https://ga.sbcr.jp/